제32회 전태일문학상 수상작품집

꿈꾸는 배관공

제32회 전태일문학상 수상작품집

꿈꾸는 배관공

2024년 11월 15일 초판 1쇄 발행

지은이   양성민 외
펴낸이   임현재
디자인   정하연
책임 편집   홍명진

펴낸곳   재단법인 전태일재단
등록   2010년 1월 14일 2010-000003
전화   02-3672-4138
팩스   02-3672-4139
주소   03101 서울시 종로구 창신길 39-10
이메일   chuntaeil@chuntaeil.org
홈페이지   https://chuntaeil.org

인쇄   아람P&B

도서·주문·영업대행 : 책의미래
주소   04018 서울시 마포구 월드컵로 65, 302호
전화   02-332-0815
팩스   02-6003-1958

ISBN 978-89-961874-7-9 03810

제32회 전태일문학상 수상작품집

꿈
꾸
는
＊
배
관
공

양성민 외 지음

아름다운전태일

미래 세대에 노동의 가치를
전하는 가교가 되길

전태일문학상은 여타의 문학상과는 달리 사회적 약자의 목소리를 대변하는 견인차 역할을 해 왔다. 전태일 정신의 핵심 가치는 인간다운 삶이다. 전태일이 남긴 일기와 메모는 인간의 존엄성을 유린당한 우리 사회에 도덕적 기반을 제공했고 앞으로도 그 기대를 저버리지 않을 것이다. 장시간 노동과 저임금의 열악한 산업 현장에서 노동자의 권리를 찾고자 했던 그의 절규는 거대한 저항의 불길로 타올라 분신 항거 54주기가 된 지금도 약자의 눈물과 노동자의 땀을 닦아 주는 중추적 역할을 하고 있다.

인간다운 삶을 살고자 했던 그의 정신을 담고자 한 전태일문학상 수상 작품들은 어두운 골목에 빛을 주는 환한 등불이 되어 미래 세대에 노동의 가치를 전해 주는 가교가 되고 있다. 전태일문학상에서 발굴하고자 하는 작품들은 문학적 기교보다는 삶에서 체득한 진정성을 담은 글들이다. 전태일 문학의 뿌리는 시대의 아픈 곳을 치유하는 시인 정신과 상통한다고 볼 수 있다. 말장난이 아닌 인간 존중의 가치를 지향하는 정신을 발굴하는 데 그 목적을 두고 있다.

　노동이 뒷받침되지 않은 삶이 가능할까? 노동권은 삶의 가장 기본적인 권리이자 생존의 근원이다. 기술의 진보는 사람의 일자리를 빼앗았고 노동 시장을 위협하는 새로운 난제로 다가왔다. 노동자가 존중받고 인간답게 살 수 있는 세상은 언제쯤 올까. 좁아지는 노동 입지와 고용재난은 저출산 고령화로 이어지며 사회적 약자들을 더욱 고통스럽게 만들었다. 폭염으로 유난히 무더웠던 2024년 여름 노동 시장의 위축은 서민의 생존을 위협하고 있다. 건설경기 위축으로 인한 고용불안, 물가 상승은 자영업자들의 도산과 폐업으로 이어졌다. 의료계 전체의 붕괴가 우려되는 의료공백 사태는 국민의 생명과 존엄을 담보로 한 분열과 갈등으로 사회·경제 전반적 난제가 되어 풀어야 할 과제로 남아 있다. 이로 인한 가장 큰 피해자는 노동자와 미래 세대인 청년들이다.

　고령화로 인한 제조업 기피 현상은 시장 요구의 다변화로 이어져 다문화와 외국인 노동자를 양산했다. 차별을 바탕으로 지속해온 자본주의 시스템은 노동자를 인권의 사각지대로 내몰았다. 부의 편중은 날로 심해져 자본가는 나날이 부를 증식해 가지만 노동 현장의 안전과 복지는 여전히 미흡하다. 빈익빈 부익부 현상은 50년 전이나 크게 달라진 게 없다. 청년 실업은 결혼 포기로 이어지고 이러한 악순환은 인구 감소를 초래해 국가 존립의 위기를 맞게 되었다.

노동의 형태나 질적 차이는 다를 수 있지만 인간의 삶을 지탱하게 하는 핵심적 가치는 노동의 건강성임에 변함이 없다. 기업들의 경영 부담을 줄이기 위한 위험의 외주화, 높은 집값, 양육비 부담은 또 하나의 사회적 폭력이 되었다. 노동 인력 감소 정책은 비정규직 청년 노동자의 삶을 죽음으로 내몰았고 언제 터질지 모르는 사회적 참사로 이어지고 있다. 이 모든 원인은 차별과 불평등이라는 자본주의 구조 시스템 때문이다. 불평등이 미래 세대의 발목을 잡고 있다. 노동의 가치를 인정받는 세상, 땀의 가치가 우선시되는 세상이야말로 전태일 정신이 지향하는 세상일 것이다.

올해 전태일문학상은 32회, 전태일청소년문학상은 19회를 맞이했다. 올해도 예년과 비슷한 수준으로 응모작이 들어왔고 이변 없이 진행되었다. 심사는 1, 2차로 나누어 진행했다. 1차는 온라인으로 결선작을 선정하고 2차는 현장 심사로 진행했다. 전태일문학상 시 부문 응모작은 861편(197명), 소설 부문 129편(장편소설 9편, 중편소설 16편, 단편소설 104편), 르포(생활글 통합) 부문 24편이었다. 1차와 2차 모두 심사위원들은 최선을 다해 정성껏 검토했다. 수상작은 시 부문 「노을이 아름다웠다고 자정에 알았다」 외 2편, 소설 부문 「꽃비 내리는 날」, 르포 부문 「꿈꾸는 배관공」 외 4편의 글을 묶어 생생한 현장의 일상을 담아낸 글이 선정되었다. 수상자들께는 축하를, 응모자들께도 고마움을 전한다.

제19회 전태일청소년문학상은 문화체육관광부 장관상을 비롯해 전태일재단 이사장상, 경향신문사 사장상, 한국작가회의 이사장상, 사회평론사 사장상에 시와 산문, 독후감 부문을 진행했다. 시 부문 응모작은 400편(119명)이며 '이주 배경', '기후 재난'을 다룬 작품들이 돋보였고, '노동', '고독사', '가난', '불안', '도시', '교육', '이동권', '가족' 등의 주제를 다룬 작품들도 많았다. 산문 부문 응모작은 130편으로 응모작의 편수와 수준도 만만찮았다. 독후감 부문 응모작은 17편으로 편수는 적었지만, 읽기에는 쉬운 글이 없었다고 심사위원들은 전했다. 청소년문학상 수상자들께도 축하를 보내며 더불어 응모해 주신 모든 응모자들께도 감사의 인사를 전한다.

올해도 변함없이 전태일문학상과 전태일청소년문학상을 공동 주최하는 경향신문사와 아낌없이 후원해 주시는 한국작가회의에도 고마움을 전한다. 바쁜 시간을 쪼개어 기꺼이 심사를 맡아 주신 심사위원분들께도 감사의 인사를 전한다.

전태일을 잊지 않고 기억하는 일이 전태일의 정신을 계승하고, 전태일을 살리는 길임을 다시 한번 강조해도 지나치지 않다. 30여

년이 넘는 긴 시간 전태일문학상이 존재하는 이유일 것이다. 앞으로도 전태일문학상·전태일청소년문학상의 문학적 가치가 더욱 빛을 발하길 빌어 본다.

2024년 10월

전태일문학상·전태일청소년문학상 운영위원

강성남 김건형 김동수 박미경 윤종현 홍명진

차례

머리말　　미래 세대에 노동의 가치를 전하는 가교가 되길　　5

제32회 전태일문학상 수상작

시 부문　　송 문 영
노을이 아름다웠다고 자정에 알았다 외 2편　　13
수상 소감　　20

소설 부문　　최 희 명
꽃비 내리는 날　　23
수상 소감　　44

르포 부문　　양 성 민
꿈꾸는 배관공 외　　47
수상 소감　　102

제32회 전태일문학상 심사평

시 부문　　전태일 정신이 생략 없이 이어지기를　　112
소설 부문　　당사자성의 미덕을 드러낸 노동 소설　　114
르포 부문　　어느 현장 노동자의 자화상　　118

제19회 전태일청소년문학상 수상작

문화체육관광부 장관상

권 민 서   벽 너머의 일 외 2편   123

전태일재단 이사장상

시 부문   진 해 온   미리 온 눈사람 외 2편   132

산문 부문   홍 수 현   분유   140

독후감 부문   이 한   사그라지지 않는 불꽃   156

경향신문사 사장상

시 부문   박 지 효   등나무 엮기 외 2편   166

산문 부문   박 세 은   문워크(Moonwalk)   173

독후감 부문   심 현 겸   여전히 붉게 흩날리는 이름   191

한국작가회의 이사장상

시 부문   임 소 진   지박령 통조림 외 2편   202

산문 부문   이 예 나   껌 벽 시위   212

독후감 부문   최 혜 연   삶과 앎   227

사회평론사 사장상

시 부문   전 영 은   양면 외 2편   232

산문 부문   김 선 호   눈으로 가자   242

독후감 부문   홍 지 민   청년 전태일이 품은 꿈   263

제19회 전태일청소년문학상 심사평   267

선태일문학상 제정 취지   274

제32회 전태일문학상

시 부문 수상작

노을이 아름다웠다고 자정에 알았다
외 2편

송 문 영

노을이 아름다웠다고 자정에 알았다

퇴근을 하고 밥을 먹습니다
이른 퇴근이지만 늦은 저녁입니다
밤하늘을 보니 또 무언가
생략되는 것 같습니다

노을이 아름다웠다는 얘기를 들었습니다
잠이 오지 않아 시집을 읽어야 했지만
시는 쓰는 쪽을 더 좋아했고
아침은 바라지 않게 되었기에
노을 얘기를 들을 때에는 조금 슬펐습니다

사는 것이 부끄러운 요즈음
돈을 벌겠다면 많이 벌라고 다그칩니다
집으로 가는 걸음이 무거운 것도
주머니가 가벼워서 그런 것 같아
폐차는 며칠 더 미뤄야겠지만
2백만 원짜리 중고차는 주인을 닮아
50킬로미터에도 시름시름 앓습니다

하루를 끝내기도 어려워 술을 따르면

빈 잔이 채워지는 소리로 빈집 드러나고

뱉은 숨이 돌고 돌아

다시 입으로 들 때

이제는 혼자라는 것도 운명 같습니다

잡념이 끊이지 않아서 다시 시집을 듭니다

읽히지 않아서 쓰려다가 그만둡니다

내일은 일찍 퇴근했으면 하다가 그만둡니다

그만두고 싶은 건 그만둘 수 없어서

노을을 봐야겠다고 생각하다가 그만둡니다

남서향 집

집이 좁아
가로등 빛이 구석까지 들면
숨을 곳이 없어 움츠렸던
빼앗긴 외로움

폭염은 끝날 줄 모르는데
벌레들은 전기세를 나눈 적이 없고
반짝이던 하늘도 저당 잡혀서
별도 헤아리지 못하는 밤

이불 아래 몸을 묻어도
마침표 찍지 못한 문장들과
창백한 얼굴들이 꿈에 나오면
저항도 못 하고 또 하루를 자란다

여명이 등 떠미는 새벽
살아남은 이슬로 목을 축이고
혼자 살기에 딱 좋다던

6평짜리 원룸 월세를 구하러

녹음이 옅은 정글 숲으로

움츠리러 간다

기록적인 폭염

얼음물로 가난을 달래는 사이
여름은 깊어 간다
미처 늙지 못한 몸이 늦잠으로 꾼 꿈은
한 장 복권을 사던 일
숫자 몇 개에 사람들이 메여서
어찌어찌 돌아가는 도시가
아직 자유롭다고 믿는다
태어나 무엇이 되라면
우선 부자가 되겠노라고
은밀하게 읊조리던 목소리는
더 웅장했어야 옳았다
사소한 것에 대가가 커서
무언가 불합리한데
그게 뭔지 도통 모르겠고
이미 충분히 피곤해서
그저 5분만 더 잤으면 하는데
늦잠이 길어질수록
여름은 늘어진다

더워지고

가난해진다

기록적인 폭염이 예고되고

사람들은 같은 꿈을 꾼다

송
문
영

1991년 충북 음성군 출생
현재 서귀포에 거주하며 운수업에 종사

수 상 소 감

야근을 하고 집으로 갈 때면 꿈에 대해 생각하곤 했습니다. 가는 길이 멀게만 느껴졌던 건 아직 어려서라고 믿었습니다. 어느덧 해어진 신발을 보면 길을 잃은 것 같아 마음이 저려 오기도 했습니다. 살아온 날이 아득한데 살아갈 날도 아득했던 밤이었습니다.

그런 밤마다 시를 쓰게 된 건 사소한 계기였습니다. 중학교 문학 시간. 선생님이 지나가며 건넨 칭찬 한마디에 종일 가슴이 뛰었고 그 후로 정처 없이 쓰게 되었습니다. 시인이 되려는 건 아니었지만 바람이 부는 날에도, 때문에 시린 날에도 어김없이 썼습니다. 쓰인 시가 그럴듯하기라도 하면 '이러려고 상처 받았나' 싶어 웃음이 나기도 했습니다. 돌이켜 보니 시를 쓰는 것 말고는 아무것도 하지 않은 것처럼 느껴지기도 합니다. 참 깊게도 스며든 것 같습니다, 시는.

제 시를 많은 분들께 보인다고 생각하니 어쩐지 부끄러운 마음이 듭니다. 늘 위로가 되는 시를 쓰고 싶었으니 그리되길 빌겠습니다. 다시금 가슴 뛰게 해 주신 심사위원님들과 전태일재단 관계자 분들께 진심으로 감사드립니다.

여기 서귀포에는 더할 나위 없는 하루가 저물고 있습니다.

제32회 전태일문학상

소설 부문 수상작

꽃비 내리는 날

최
희
명

꽃비 내리는 날

시내 한복판을 차지한 청명산에 벚꽃이 흐드러지게 피었다. 나무 아래 벤치에 앉아 담소를 나누는 사람들의 모습이 영화 속 광경 같다. 숙자 씨도 오랜만에 친구 만나서 꽃비를 맞으며, 맥주 한 깡통씩 마시며 서로의 시름이나 나누고 위로할 작정이었다. 그러나 오늘은 몸이 천 근같이 무겁고 손가락 하나 움직일 힘이 없다. 친구에게 전화를 걸어 약속을 미루고 버스에 오른다. 운전석 뒷자리에 살집도 없는 엉덩이를 무겁게 내려놓으며 뜬금없이 들어온 '죽지 않을 만큼 교통사고나 나 버려라'라는 생각에 스스로 소스라친다.

샘나거나 미워하는 대상을 두고 죽기 살기로 무슨 일을 하면 매번 상대를 누를 수 있었다. 초등학교 다닐 때 공부가 그랬고 결혼 전 잠시 다녔던 농공단지에서의 능률이 그랬으며 지긋지긋한 결혼 생활이 그랬다. 늘 바짝 독이 올라서 누구 나 건드리기만 해보라는 식으로 쌈닭처럼 부리를 겨누고 살았다. 지금 서 있는 이 자리는 다행히 라이벌도 미워할 대상도 없다. 그런데도 숙자 씨는 매일 상대방도 없이 독이 오르고 매일 한 뼘씩 늙는 것 같다.

사흘만 더 일하면 큰애의 등록금이 다 만들어진다. 자주 받는 미납금 고지서지만 받을 때마다 조바심이 난다. 벌어 모은다고 모아도 생활비로 써 가며 목돈을 만들기란 쉽지 않다. 그저 쉬지 않고 일하는 방법 외엔 별도리가 없다. 버스 기사의 노곤한 어깨를 바라보며 숙자 씨는 조금 전 자신의 생각을 나무라고 또 나무란다. 종일 쪼그리고 앉았던 다리도 지금은 손목 못지않게 아프다. 찜질팩을 사기 위해서는 조금 더 걸을 각오를 하고 한 정류장 전에 내려야 한다. 약국이 있는 우체국 앞 정류장이 가까워지자 숙자 씨는 벨을 울리려 팔을 뻗다 다시 내린다. 이제는 어깨조차 뻐근하여 팔도 잘 올라가지 않는다. 아무래도 찜질팩이 많이 필요할 것 같다. 오른쪽 엉덩이까지 들썩거리고서야 간신히 벨을 울릴 수 있었다.

왜 이리 몸이 처지는지, 예전에 시어머니가 달여 마시다 남은 영지버섯 부스러기라도 푹푹 달여 마셔야겠다고 스스로에게 다짐을 하며 버스의 중앙통로를 지나 계단 앞에 섰다. 그때 갑자기 기사가 버스 문을 닫아 버린다. 숙자 씨보다 한발 먼저 내린 남자의 뒤를 바짝 쫓아 왔는데 키가 작아서 안 보이나 싶어 아저씨 내릴 사람 있어요, 문 열어 주세요,라고 크게 말한다. 버스의 출구가 다시 열리고, 계단에서 두 발짝을 내린 후 지면을 향해 한 발을 내디디는 순간 부르릉거리며 갑자기 버스가 출발했다. 숙자 씨는 한 걸음으로 10미터가량 걷다가, 아니 날다가 철퍼덕 땅으로 떨어졌다.

정류장에서 버스를 기다리던 젊은 여자들의 비명이 떨어진 충격보다 더 날카롭다.

식당이 즐비한 초저녁 거리는 뭔가 특별한 음식을 찾아 두리번거리는 사람들과 하루의 바깥 삶을 끝내고 안식처로 돌아가는 사람들의 발걸음으로 분주하다. 다친 다리를 절뚝거리며 기사의 전화번호를 들고 가까운 병원을 찾아가는 숙자 씨는 뭘 어찌해야 할지 도통 생각의 가닥이 잡히지 않는다. 일이 이렇게 된 건 자신의 천벌 받을 순간적 염원 때문인지도 모른다는 생각이 자꾸 든다. 좋은 신이라면 들어주었을 리가 만무한 그 사악한 염원을 현실이 되게 한 건 악마의 소행이 아닐까, 숙자 씨는 의심해 본다. 악마라니. 독하게 살아오긴 했지만 그 독은 남을 해하기보다 자신을 혹사하는 데 사용됐다. 가진 것이라고는 달랑 몸뚱이 하나인데 그거라도 남보다 빠르고 우직해서 어딘가에 유용하게 쓰여야 이 험한 세상에서 도태되지 않고 살아갈 수 있을 것이었다. 하나둘씩 불을 밝혀 어둠을 밀어내는 거리를 절뚝거리며 걷는 숙자 씨의 발걸음이 깜깜하다.

부은 손목으로 벌써 닷새째 숙자 씨는 페인트공들의 뒷일을 하고 있었다. 페인트가 묻어서는 안 되는 곳에 비닐을 씌우고 테이프로 고정하는 보양 작업을 하기는 했지만 작업자들의 발걸음을 견딜 수 있도록 상자를 덧대어 깔아 두는데 작업 중 이 사람 저 사람이 차고 다녀서 있으나 마나였다. 에어리스가 뿜어 대는 페인트 방울이 테라조 바닥에 촘촘히 묻어 있었다. 8층 높이의 기다란 건물 양쪽 통로에서 작업이 끝난 계단의 페인트 얼룩을 벗겨 내는 일에 손목은 비명을 지르며 힘들어했다.

손목이 비명을 질러 대긴 하지만 마음 하나는 참으로 편한 일이었다. 오야지가 오며 가며 설레발을 치는 시간만 빼면 말이다. 쇠주걱 하나면 온종일 일할 수 있는데다 방법이라는 게 아무것도 아니어서 그저 바닥의 얼룩에 쇠주걱을 대고 부지런히 밀기만 하면 되는 것이었다. 손목에 힘을 주는 각도를 조절하여 통증을 분산시키는 방법이 유일한 비결일 뿐, 머리를 굴리거나 주변을 견제할 하등의 이유가 없었다.

사람이 하는 일 중 가장 힘든 일은 아마도 사람에 치이는 일일 것이다. 페인트 뒷일은 마치 테라조 바닥을 마주하며 면벽참선을 하는 일 같다. 가까운 날들에 행했던 자신의 불찰을 꾸짖기도 하고, 아이들의 선행을 찾아내 칭찬거리를 만들기도 한다. 식당 일을 할 때처럼 젊은 여자들의 갑질에 핏대 세우지 않아도 되고, 펄펄 끓는 뚝배기 얹은 쟁반 들고 뛰어다니는 아이들 피해 조바심치는 일도 없었다. 숙자 씨는 인공 손목관절이 있다면 그걸로 갈아 끼우고서라도 이 일을 계속하고 싶었다.

점심으로 기사식당에서 먹은 동태찌개는 비늘을 제거하지 않아서 그런지 커피를 연거푸 두 잔이나 마셨건만 입안에 비린 맛이 남아 있었다. 남자들은 지하실에서 스티로폼을 깔고 누워 잠시 휴식을 취하고 있는 모양이었다. 숙자 씨는 옥상으로 올라가 문을 닫았다. 옥상 문에 등을 기댄 채 벽돌 한 장을 끌어다 엉덩이 밑에 받치고 앉아 담배를 피워 물었다. 주변에 더 높은 건물이 없어서 하늘 아래가 전부 제 세상 같았다. 마음 놓고 후~ 몇 모금 들이마시자 속이 트이고 입안에 남아 있던 동태 비린내가 가셨다. 바람이 잠잠한 정오의 햇살에 스르르 눈이 감겨 왔다. 사람을 무시하는 비둘기 두 마리가 건너편 공원에서 날아와 뒤뚱거리며 옥상을 제집처럼 거닐고 있었다. 숙자 씨도 비둘기를 무시한 채 그 자세로 잠깐 눈을 붙였다.

3층 난간의 비닐을 벗겨 내고 남은 테이프 조각들을 떼어 내는데 1층 입구 쪽이 시끄러웠다. 일주일 안에 공사를 끝내야 하는데 이래서 되겠냐며 오야지가 계단을 쿵쿵 오르내렸다. 사다리에 올라서서 천장의 비닐을 걷고 있던 안 씨가 침을 뱉듯 혼자서 욕설을 뱉어 냈다.

"니미 씨발놈, 니가 한번 해 봐라 새끼야. 일주일 좋아하네. 빨리 끝낼라믄 야리끼리로 주든가."

한바탕 소란을 떨던 오야지가 떠나자 감시의 눈으로 박아 놓은 그의 조카가 나가더니 막걸리 몇 병과 순대를 사 들고 왔다. 그는 감시 역할보다는 오야지가 뱉어 놓은 말을 무마하는 역할로 바빴다.

"자, 자, 오늘 새참도 걸렀는데 시원하게 한 잔씩 드시고 마무리하고들 가세요. 우리 삼촌 원래 저런 거 아시잖아요. 속마음은 그렇지 않은데 공사 맡았다 까지는 일이 많다 보니 말로만 저래요."

오늘 숙자 씨는 이상하게 술이 당기지 않았다. 다른 날 같았으면 이미 한 병은 비웠을 터인데 순대만 두어 조각 집어 먹고 말았다. 자꾸 눈까풀이 풀어지면서 으슬으슬 추웠다. 이번 공사만 끝나면 다른 일을 찾아봐야지 도저히 손목 때문에 안 되겠다는 생각을 하고 있었다.

절뚝거리는 걸음으로 한참을 걸어 간판에 녹십자 마크가 희미한 오래된 병원 문 앞에 이르러서야 숙자 씨는 친구에게 전화를 한다.

"일단 입원을 해야지 바보야. 교통사고는 후유증이 남으면 평생 고생한다고들 하더라. 먼저 접수를 하고 있어. 내가 지금 갈 테니까. 어느 병원이야?"

"아니야 올 것 없어. 네 말 알아들었으니까. 걱정하지 마, 입원하고 있을게. 오늘 저녁 말고, 다음에 시간 나면 와. 알았지."

반찬 가게에서 종일 궂은일을 하고 돌아온 친구는 술 약속을 다음으로 미루자는 말에 안 그래도 피곤해 죽을 지경이라고 말했었다. 꽃비 맞으며 캔맥주 하나씩 마시자던 약속, 3천 원도 안 되는 돈으로 누릴 수 있는 호사도 아무나 누리는 건 아닌 것 같다. 병원 이름을 가르쳐 주지 않은 건 서로를 위해 잘한 일일 것이다. 숙자 씨는 익숙하게 절뚝거리며 혼자 병원 안으로 들어선다.

간판처럼 병원 안의 불빛들도 시무룩하다. 선과 악에 대해 생각하며 걸어왔던 시간과 친구와 통화 후 망설였던 시간 사이에 의사의 퇴근이 있었는지 가까스로 당도한 병원엔 의사가 없다. 어느 사이 그렇게 되었는가. 노동에 지친 손목이며 다리, 어깨가 다친 부위보다 더 아프다. 이건 몸의 문제다. 생각해 보면 버스 기사가 안 됐다. 실수라고 보기에는 너무 황당한 일이 아닌가. 멀쩡하게 운전하다 숙자 씨의 몹쓸 텔레파시를 받았는지도 모른다. 그 독한 텔레파시는 아마 숙자 씨의 뇌파에서 나갔을 것이다. 숙자 씨는 그렇게 단정 지으며 다리를 끌고 집으로 돌아왔다.

잠들기 전의 통증은 피로에 묻혀 그 정도가 약했지만 아침에는 달랐다. 밤새 흘린 땀으로 몸은 이불과 뒤엉겨서 마치 데친 파처럼 늘어졌다. 온몸의 관절과 근육은 침봉으로 찌르는 듯했다. 숙자 씨는 자신도 모르게 신음을 하며 시계를 보았다. 늘 일어나는 시간에서 한 치도 벗어나지 않은 새벽 4시 반이다. 이러고 있을 때가 아니다. 큰애 등록금이 만들어지려면 이제 겨우 사흘 남았는데 이를 악물고 버텨야 한다. 마음을 이제 막 숫돌에 간 칼날처럼 벼리고 있는데 몸은 저 혼자 죽겠다고 꿈쩍을 않는다. 일어나야지, 되뇌면서 깊이 모를 수렁으로 빠져들어 간다.

다시 눈을 떴을 때 시계는 10시를 향하고 있었다. 왼쪽 다리가 심하게 아파 왔다. 그제야 숙자 씨는 어제의 사고가 기억났다. 어차피 일도 못 가게 되었는데 병원에 가서 엑스레이라도 찍어 보는 게 만일을 위해서 좋을 것도 같다. 별 이상 없으면 진통제나 좀 받아다 먹으면 될 것이다. 진통제 먹고 괜찮아지면 오후 일이라도 할 수 있지 않을까 생각하며 숙자 씨는 떠지지 않는 눈을 비비고 일어났다.

아이들은 벌써 등교한 모양이었다. 가스레인지 위에 된장찌개 냄비가 뚜껑이 열린 채로 있었다. 된장찌개만으로는 뭔가 부족하다. 김치가 조금 들어가야 비로소 맛이 완성될 것 같다. 작은 도마를 꺼내 김치 몇 줄기를 썰어서 아이들이 먹다 남긴 된장찌개에 넣고 거기다 밥 한 공기를 부어 끓였다. 김치 몇 줄기 썰었다고 또 손목이 욱신거린다. 온갖 잡동사니가 얽혀 있는 서랍 속에서 숙자 씨는 용케도 찜질팩 한 장을 찾아 손목을 감싼다. 알맞게 퍼진, 밥도 아니고 죽도 아닌 음식을 들여다보며 숙자 씨는 문득 개밥 같다는 느낌을 받았다. 뭐, 개밥 같건 소죽 같건 이렇게 뜨끈하게 먹어 둬야 하루 노역을 감당할 수 있다고 생각하니 김이 모락모락 피어오르는 모양에 식욕이 당기는 숙자 씨다.

숙자 씨의 생각은 간단했지만 버스에서 떨어졌다는 말을 들은 병원 사무장은 입원을 권하며 버스 회사와의 통화를 요구했다. 될 수 있으면 혼자 처리하고 싶었는데 난감하다. 교통사고는 일상 중에 다친 것처럼 그렇게 간단한 게 아니니 신중해야 한다는 말에 숙자 씨는 어쩔 수 없이 전날 받은 버스 기사의 전화번호를 누른다. 많이 아프냐고 걱정하던 어제의 태도는 간 곳이 없고 아줌마는 잘 좀 내리지 그랬냐고 오히려 신경질을 낸다. 생각은 내가 잘못했어도 내릴 때는 당신이 잘못했잖아. 숙자 씨의 쌈닭 기질에 불이 붙었다. 네가 그렇게 나온다 이거지. 오냐 그래, 엎어진 김에 한번 쉬어 가자. 안 그래도 온몸의 뼈마디며 삭신들이 시위를 하는 판인데 잘됐네, 흥. 숙자 씨는 입원 수속을 하고 병실로 들어가 누웠다.

간호사가 링거를 꽂고 나가자 숙자 씨는 조용히 눈을 감고 계산을 해 보았다. 버스 기사의 반응에 발끈해서 입원은 했지만 잘한 일인지 잘못한 일인지 아무리 따져 봐도 분간이 서지 않았다. 어제와 오늘과 내일이 그럴듯하게 연결되지 않고 토막 난 시간들처럼 어지러웠다. 병원 사람들이 하는 말로는, 교통사고는 먼저 입원하고 그다음에 보험 회사에서 처리한다고 했다. 겉보기와는 다르게 후유증이 있을 수도 있는 것이라고 친구와 똑같은 말을 하고 있는 걸 보면 사실 같기도 하다. 링거에 수면제라도 탔는지 숙자 씨의 눈꺼풀이 무겁게 내려앉는다. 그래 자자. 일단 자고 다시 생각하자. 결론도 내리기 전에 이미 숙자 씨는 깊은 잠 속으로 빠져들고 있었다.

옆 병상의 보호자가 식사하라고 흔드는 바람에 잠이 깼다. 자는 사이 어렴풋이 피를 뽑아 가는 걸 느꼈고 근육 주사를 놓고 간 것 같기도 하다. 눈을 반쯤 감고 밥을 먹어도 느낄 건 다 느낀다. 아침으로 먹은 개밥과 비교되는 진수성찬이다. 따뜻한 밥과 이제 막 끓인 소고깃국, 그리고 앙증맞은 그릇에 담긴 세 가지 반찬이 숙자 씨만을 위한 밥상이었다. 어려서부터 지금까지 밥상을 차려 주기만 했지 누구에게 밥상을 받아 본 적이 없는 숙자 씨는 호박이 넝쿨째 굴러온 느낌이다.

왼쪽 팔부터 다리에 이르는 찰과상을 치료하기 위해 맞은 주사가 통증을 완화시켰는지, 일을 쉰 때문인지 아픔은 수그러들고 그저 잠만 쏟아진다. 일을 하지 않고도 밥을 먹고, 밤낮으로 잠을 자보기는 숙자 씨 평생에 처음이다. 병원이 병을 만드는지 입원을 하니 진짜 환자 같다. 몸에서 힘이 모두 빠져나가고 의식이 혼곤하다. 일과 돈과 가족에 대한 걱정을 깡그리 놓아 버리고 환자가 되어 잠만 자는 숙자 씨의 둥근 얼굴이 보름달처럼 훤해져 간다.

숙자 씨의 남편이 도시행을 결심했을 때 제일 먼저 짐보따리를 꾸리며 따라나선 건 시어머니였다. 그러면서 시어머니 본인이 따라나서는 만큼의 적극성으로 시아버지의 동행을 막았다. 시어머니도 여자였다. 남편으로부터 보호받지 못하고 혼자서 자식들을 키워 낸 여자가 할 수 있는 가장 신나는 복수였을 것이다. 결국 시아버지는 고향에 남아 혼자 살다가 시름시름 죽었다.

나이 일흔도 안 되어 치매에 걸린 시어머니는 젊어서 한 고생 때문인지 일하는 걸 몹시 싫어했다. 어쩌면 일하기 싫어하는 게 시댁의 내력 같기도 했다. 가난만 물려주었을 뿐인데도 너무나 당연하게 자식들에게 요구가 많았다. 아들보다는 며느리에게, 딸보다는 사위에게 더 혹독했다. 다행히 숙자 씨의 자식들은 어려서부터 밥하고 청소하고 빨래를 하며 자라서 그런지 허구한 날 치매로 일거리를 만드는 할머니를 잘 건사하고 있었다. 사실 숙자 씨를 힘들게 하는 건 바깥일보다 집안일이었다. 마라톤을 완주하고 다시 만 미터를 뛰는 것처럼 힘들다는 표현은 누가 한 말인지는 모르지만 숙자 씨는 그 말에 깊이 공감하는 터였다. 녹초가 되어 집으로 돌아가면 쉴 새도 없이 여섯 식구 밥을 해야 하고 빨래를 해야 하고 청소를 하는 일이 꼭 마라톤을 완주하고 만 미터를 다시 뛰는 것 같았다.

젊을 때 숙자 씨는 고향에서 농사일을 했다. 농토나 많다면 수확의 기쁨도 느끼고 더 큰 꿈도 꾸었을 것이다. 저울에 올린다면 한 눈금의 차이도 나지 않을 사람과 결혼을 한 건 너무 심한 평등이었을까. 결혼을 하고 보니 남편 집안도 숙자 씨네 친정처럼 더 어찌해 볼 수 없을 만큼 가난했다. 가난한 집안들의 공통분모는 남자들의 기여도였다. 가난한 집 남자들은 마치 약속이나 한 것처럼 게으르거나 난폭하거나 무모했다. 남편은 게을렀고 남편의 아버지는 무책임했다. 숙자 씨가 농사일을 하던 밭뙈기도 젊어서 시어머니가 일군 자갈밭이 전부였다. 숙자 씨는 틈틈이 동네 사람들 일을 도와주면서 품삯을 받았다. 허리가 휘도록 일해도 겨우 밥밖에 먹을 수 없었다. 아이들은 자라는데 밥만 먹여 키울 수는 없었다. 세상이 변하는데 자식들이라도 자신들처럼 살게 하면 안 될 것 같았다.

듣고 보는 일도 교육이라는 판단하에 도시로 왔지만 도시는 매정했다. 까딱 잘못하면 밥도 굶는 위기가 찾아오곤 했다. 도시에서는 가난할수록 악착스러워야 했다. 약할수록 눈치가 빨라야 했다. 밥이라도 먹을 수 있었던 고향을 그리워하면서 숙자 씨는 건물 청소, 식당 일, 전단 붙이기 등 안 해 본 일이 없다. 그 수많은 일들을 거쳐서 일당이 가장 두둑한 막노동 일에 머물러 있다. 하지만 길게 할 수 있을지는 미지수다. 심하게 부려 먹은 몸뚱이가 너무 늙어 숙자 씨의 몸 나이는 제 나이보다 스무 살은 더 든 것 같다.

숙자 씨는 아들 둘을 연년생으로 낳은 후 단산을 한다고 했는데 출산한 지 7년 만에 덜컥 아이가 들어섰다. 딸이었다. 실수로 생긴 막내딸은 자라면서 숙자 씨의 보배가 되었다. 무뚝뚝한 아들들의 침묵 사이사이 퐁퐁 터지는 웃음과 재롱을 펼쳐 주었다. 엄마가 하는 일이면 무엇이든 함께하려 했고 따라 하려 했다. 남편 약을 챙겨 먹이는 일도 시어머니 옷을 갈아입히는 일도 어린것이 늘 걱정이어서 숙자 씨의 마음이 더 바빴다. 숙자 씨는 자신처럼 일만 하고 살게 될까 두려워 딸은 아끼고 아들들을 부리려 했지만 타고난 천성은 어쩔 수 없는 것인지 초등학교 3학년 어린아이가 지금 집안 살림의 절반은 하고 있다.

도시로 와서 첫해에 막내딸이 태어나고 2년째 접어들었을 때 숙자 씨의 남편은 사고를 당했다. 공사장에서 숙자 씨의 남편이 딛고 있던 철판 끝에 덤프트럭이 올라서는 바람에 숙자 씨의 남편은 공중으로 붕 떴다가 수직으로 떨어져 대퇴골이 부서지고 말았다. 산재라는 단어는 듣지도 보지도 못했다. 책임자가 자취를 감춰서 보상 같은 건 한 푼도 받지 못했다. 의사는 목뼈가 부러졌으면 죽었을 텐데 불행 중 다행이라고 했지만 숙자 씨는 무엇이 다행인지 알 수가 없었다. 병신이 되어 들어앉아도 살아 있는 남편이 다행인지, 죽어라 일만 하고 살아도 남편이 있는 숙자 씨가 다행인지, 공부하는 시간보다 더 많이 아버지를 돌봐야 하는 아이들에게 그래도 아버지라는 존재가 있어서 다행인지, 숙자 씨는 삶의 갈피마다 그것이 의문이었다.

숙자 씨의 뼈 사진을 찍어 본 의사는 타박상이라며 3주일 정도 치료하면 된다고 했다. 밥 먹고 화장실 갈 때만 빼고 잠을 잔다. 물리치료실에서는 더욱 달콤하게 잠이 쏟아진다. 처음으로 옆 침대 환자가 물어 온 말은 검사받으러 왔느냐는 것이었다. 입원한 날부터 줄곧 잠만 자는 숙자 씨의 모습을 보며 필경 복잡한 일을 피해 칭병하고 대충 건강검진이나 받으러 온 줄로 아는 모양이다. 달력을 보니 벌써 닷새가 지나 있다. 그제야 숙자 씨는 큰아이 등록금이 떠올라서 소스라치게 놀란다. 여기저기 전화를 넣어 일거리를 알아본다. 마침 밤에 작업을 해야 하는 공사장이 있어 저녁을 먹은 후 살짝 병원을 빠져나왔다.

리모델링을 하는 마트는 낮에 장사를 하면서 밤마다 공사를 하고 있었다. 닷새를 쉰 결과는 놀라웠다. 손목도 어깨도 허리도 비명을 잠재우고 다소곳해졌다. 짧은 시간에 공사를 마쳐야 하는 리모델링의 경우와는 다르게 장사를 지속하면서 하는 마트의 리모델링은 부분 공사라 공간의 여유가 있다. 평상시에는 널려 있는 물건들이 많아 쪼그리고 앉아서 하던 페인트 뒷일이었다. 병원 신세를 지고 있는 사람에게 일을 시켜 미안했는지 안 씨가 바퀴 달린 플라스틱 의자를 구해다 주었다. 편하게 앉아 일을 하면서도 숙자 씨는 요 며칠 새 일어나고 있는 행운 비슷한 상황이 얼떨떨하다.

주간 일에 비해 야간 일은 지급되는 일당이 조금 높다. 이틀 밤

을 새운 대가로 큰아이의 등록금을 납부하면서 숙자 씨는 안도의
숨을 내쉬었다. 초등학교의 육성회비도 내지 못할 만큼 가난한 집
안에서 자랐기에 자식들이 미납금 고지서를 받을 때 느낌이 어떠
할지 너무나 잘 알고 있는 숙자 씨다. 다음 학기에는 어떻게 해서
든 미납금 고지서를 받지 않도록 야간 일만 해 볼까 생각하다가 정
신이 불편한 노인과 거동이 어려운 남편 수발을 들어야 하는 아이
들을 생각하며 고개를 젓고 만다.

　너무 잘 먹고 너무 편히 쉬었는지 화장실에서 애를 먹는다. 남
은 밥, 반찬 섞어서 끓여 먹고 곤죽이 되도록 일할 때는 1분도 안
걸리던 대사가 시간도 힘도 길게 요구한다. 화장실 문밖에는 요양
보호사들의 수다가 시끄럽다. 주고받는 대화 중 보험 회사 이야기
가 나오자 숙자 씨는 귀를 쫑긋 세운다. 지은 죄가 있기 때문이다.
"요새는 보험 회사 직원들이 밤에도 나온대요." 이게 무슨 소린가.
"몰래 외출한 거 들키면 다 낳은 거라 취급하고 치료 중단한대요."
상처는 아직 안 나았지만 자식의 교육비 문제라 이틀 밤 나가서 일
한 사람에게 나이롱환자 취급이라니. 오죽하면 그랬을까. 아니 근
데 그것들은 잠도 안 자고 충성해서 얼마나 번다고. 숙자 씨는 변
기통을 타고 앉아 관자놀이 힘줄이 도드라지도록 힘을 주면서도
보험 회사 직원들의 과잉 충성을 힐난하고 있었다.

　잠도 잘 만큼 자고 뼈마디며 삭신들도 어느 정도 회복이 됐는지
숙자 씨는 안달이 났다. 얼른 퇴원해서 일을 시작해야 하는데 치료
비 내줄 보험 회사 직원이 오지 않는다. 먼저 연락할 수도 없고 무

작정 나가서 일을 하자니 뭔가 불이익을 당할 것 같아서 조바심치
는 시간은 휙휙 잘도 지나간다. 밤중에도 외출한 사람 색출하러 다
닌다는 사람들이 퇴원할 때가 된 환자를 찾아오지 않는 건 참 어
처구니없는 일이다. 링거를 떼서 몸이 홀가분해지자 공연히 담배
만 당긴다.

담배를 하게 된 건 시어머니 때문이었다. 숙자 씨도 남편도 일
찍 결혼한 탓에 시부모들이 쉰을 갓 넘긴 나이였다. 젊은 날 광부
였던 시아버지는 고향으로 돌아오기 전, 탄광촌에서 이미 딴살림
을 차렸다. 도시가스가 들어오면서 탄광이 문을 닫자 수입이 없어
졌고 흥청거리던 탄광촌도 따라서 그림자를 드리웠다. 당연히 여
자도 떠나갔다. 수절 과부처럼 자식들 키우며 시골에서도 외딴집
에서 혼자 속을 끓이던 시어머니는, 시아버지가 두고 간 담배를 살
짝살짝 피우기 시작했던 모양이었다.

빈손으로 고향에 돌아와 백수가 된 시아버지는 시어머니가 담
배를 피우건 술을 마시건 간여할 입장이 못 되었다. 물론, 마음 같
아서는 밥상이라도 엎고 마누라 머리채라도 잡고 싶었지만 오랜
세월 혼자 세파를 헤치고 살아온 시어머니는 더할 수 없이 드세져
있었다. 그녀는 나이 쉰이 넘자 남편 앞이나 동네 사람 앞을 가리
지 않고 마음껏 담배를 피웠다. 내가 벌어 내가 사 피우는데 무슨
잔말이 많냐면서. 당신이 언제 나 담배 사 줬냐면서.

큰애를 가졌을 때 숙자 씨는 입덧을 하지 않았다. 사실 숙자 씨

는 은근히 입덧을 기다리던 참이었다. 사람들 얘길 들어 보면 입덧할 때 남편들이 아내의 말을 가장 잘 들어주는 것 같아서였다. 숙자 씨도 남편에게 딸기가 먹고 싶다는 둥 인절미를 사다 달라는 둥 그런 거 한번 해 보고 싶었다. 그런데 아이가 순한가, 숙자 씨 자신이 임신에 맞춤형인가 열 달 동안 잘 먹고 잘 잤다. 아이도 고양이처럼 조용히 낳았다. 그리고 출산한 지 다섯 달 만에 또 아이가 들어섰다. 숙자 씨는 임신에 대한 스트레스보다 먹고살 일이 걱정이었다. 아이는 열 달 동안 잘 먹고 잘 자면 또 조용히 태어날 것이었다. 하지만 식구가 여섯으로 불어나면 그 입을 어찌 감당할지 자신이 없었다. 남편은 자기가 좀 더 열심히 하겠다고 했지만 워낙 뒷심이 없는 사람이라 믿을 수가 없었다.

둘째 아이 임신 사실을 안 지 며칠이 지났을까. 아침 밥상을 차리던 숙자 씨가 심하게 구역질을 해 댔다. 숙자 씨는 따뜻한 물도 마시고 소화제도 먹어 봤지만 메스꺼움은 가시지 않았다. 숙자 씨는 그때 처음 알았다. 입덧은 먹고 싶은 음식이 생각나는 게 아니라 음식 자체를 거부하는 것이라는 사실을. 구역질 때문에 반찬을 멀리한 채 흰밥만 먹던 숙자 씨 코끝에 구수한 향기가 밀려왔다. 숙자 씨는 본능적으로 그 향기를 따라가 보았다. 그 향기의 근원은 마당의 평상에서 시어머니가 피우고 있는 담배였다. 그날 이후로 숙자 씨 입덧의 피난처는 시어머니 곁이 되었다. 그리하여 그 구수한 냄새는 숙자 씨의 온몸에 각인되어 떠나지 않았다. 도시로 와서 살면서 사람들로 인해 속이 메스꺼워지거나 노동으로 지쳤을 때 숙자 씨가 담배를 찾은 건 너무나 당연한 일이었다. 담배는 숙자 씨에게 남편보다 푸근하고 자식보다 기특한 물질이 되어 갔다.

숙자 씨는 환자복 위에 스웨터를 걸치고 직원들이 퇴근한 옆 건물의 화장실로 가서 담배를 피워 물고는 생각에 잠긴다. 처음부터 차근차근 생각해 보면 어처구니없는 건 숙자 씨 자신이었다. 운전 잘하고 가는 버스 기사의 뒤통수에 사악한 염원을 담은 텔레파시를 보내 개문발차란 사고를 치게 만든 게 첫 번째 과실이다. 병원 사무장의 말도 안 되는 강요를 못 이기는 척 받아들인 게 두 번째다. 시각적으로는 버스 기사가 잘못했지만 보이지 않는 잘못을 한 자신의 치료비를 버스 회사가 가입한 보험 회사에서 내줄 거라 기다리는 몰염치가 세 번째다. 처음 결정한 대로 진통제나 먹고 말았어야 했다.

아흐레째 되는 날 보험 회사 직원이 왔다. 숙자 씨는 가슴이 콩닥콩닥 뛴다. 다른 환자들에게 자신의 동태를 물어서 이미 다 알고 있을지도 모른다. 나이롱환자 색출을 담당하는 직원들이 숙자 씨가 입원한 첫날부터 지켜보면서 시간별로 기록을 했을지도 모른다. 함께 병실을 사용하는 6명의 환자 중에 혹시 보험 회사 직원이 위장 입원을 하고 있었던 건 아닐까. 아니면 오야지가 하는 것처럼 병원에 보험 회사 사람을 심어 놓고 교통사고로 입원한 환자들의 동태를 살필 수도 있겠다. 숙자 씨의 얼굴은 점점 창백해져 갔다.

보험 회사 직원이 만나자마자 대뜸 휴식이 필요해 일부러 버스에서 떨어진 거 아니에요,라고 물으면 뭐라 말하지. 의사 말로는 버스에서 떨어지기 전부터 아픈 곳이 많았다고 하던데 꿩 먹고 알 먹고 하려고 사고당한 거 맞죠, 하면 어떻게 대답하지. 멍 좀 들었다고 입원해서 오로지 먹고 잠만 잔 사람도 치료비 내줄 줄 알았어요,라고 말하면 또 어쩌지. 게다가 이틀 밤이나 나가서 돈을 벌고 왔으니 입원비는 당신이 내세요. 일을 할 수 있을 정도면 환자가 아니잖아요,라고 하면 도리가 없을 것 같다. 숙자 씨는 바짝 탄 입술에 침을 바르며 감았던 눈을 뜬다. 살며시 올려다본 보험 회사 직원은 얼굴빛이 싸늘한 젊은 여자다.

경험에 비추어 볼 때 얼굴빛이 싸늘한 사람들은 대체로 냉정하다. 게다가 젊기까지 하니 얼마나 사리에 분명하고 여유가 없을까. 숙자 씨의 얼굴이 절망으로 일그러졌다. 젊은 여자가 봉투에서 서류를 꺼내 들자 숙자 씨는 갑자기 숨고 싶어졌다. 잠깐만요, 화장실에 좀. 숙자 씨는 기어들어 가는 목소리로 말하고 화장실로 들어갔다. 문을 걸어 잠그고 변기 위에 걸터앉아 만일의 경우에 대비해 어떤 말을 해야 할지 고민하기 시작했다.

먼저 어쩌다 사고를 당하셨어요,라고 물으면 운전석 뒤에 앉아 죽지 않을 만큼 사고나 나 버려라, 생각한 게 발단이지만 버스에서 내리고 있는데 기사가 문도 닫지 않고 출발했어요,라고 대답해야 할 것이다. 얼마나 다쳤어요,라고 물으면 다치기 전부터 아픈 데가 많아 얼마나 다쳤는지 모르지만 버스에서 떨어지는 바람에 왼쪽 팔다리를 다쳤는데 치료를 받아서 많이 좋아졌다고 말해야 한다.

젊은 여자가 놀랐겠어요,라고 물으면 몸이 아프고 지쳐서 비몽사몽의 지경에 당한 일이라 별로 놀라지는 않았지만 너무 놀라 지금도 떨린다고 말해야 한다. 숙자 씨는 오줌도 안 누고 물을 두 번이나 내리면서 모범답안을 만드는 데 골몰하고 있었다.

"힘드셨죠?"

"네?"

"괜찮으세요?"

"아, 뭐….'

이럴 수가. 보험 회사 직원은 더 이상 친절할 수 없을 만큼 나긋나긋하다. 숙자 씨의 신상 명세를 확인하고 필요한 내용을 적어 넣은 뒤 그녀가 말했다.

"얼마를 생각하고 계세요?"

"네?"

"국민연금이나 고용보험에 가입을 하지 않아서 수입 증명을 하실 수 없기 때문에 최저임금으로 계산해 드리는 게 원칙이지만 제가 백만 원 정도 받으실 수 있도록 힘써 볼게요. 괜찮으시겠어요?"

무슨 말인가. 이거 흥정 같은데. 그러니까 치료비 말고 돈도 준단 말이지. 히야! 그럼 괜찮고 말고… 기집애! 이쁜 것이 이쁜 말만 하네. 숙자 씨는 기쁨과 놀라움을 누른 어중간한 모습으로 고개를 끄덕거린다. 예쁜 보험 회사 직원이 명함을 주면서 말한다.

"집에 가서서 제 휴대전화로 계좌 번호 보내 주시면 2, 3일 내에 입금될 거예요."

"아, 예에."

몸조리 잘하라는 말을 세련된 미소와 함께 내려놓고 그녀가 나간 문을 바라보며 숙자 씨는 생각이 많다. 백만 원이란 거금이 하늘에서 뚝 떨어진 것만 같다. 잘 먹고 많이 자고 통증이 치료된 것만도 고마워 죽겠는데 돈이라니. 백만 원이라니. 그러면 터무니없는 기원을 들어준 건 악마가 아니더란 말인가. 죽도록 일한 값으로 온몸이 성한 데 없는 자신이 불쌍해서 어느 가난한 사람 담당한 신이 베풀어 준 은혜일까. 그렇다면 버스 기사는 얼마나 억울하냐. 보험 회사는 또 무슨 죄냐고. 모르겠다. 숙자 씨는 복잡한 생각을 털어 내듯 머리를 몇 번 흔들고는 짐을 싼다. 짐을 싸면서 백만 원을 어디에 쓸까 궁리한다. 밀린 공과금을 먼저 낼까. 남편 약도 떨어져 가는데… 둘째 운동화 밑창에 구멍 났던데… 어머니 봄 스웨터라도 하나… 냉장고도 텅텅 비었을 텐데… 백만 원으로 꺼야 할 급한 불은 끝도 없었다. 짐을 다 싼 숙자 씨가 무심코 눈을 들어 바라본 병원 창문 너머로 시내 중심에 솟아 있는 청명산이 보인다. 벚꽃은 아직 듬성듬성 피어 있다. 숙자 씨는 휴대전화를 꺼내 단축키를 누른다. "친구야! 캔맥주 사 들고 꽃비 맞으러 가자!"

최 희 명

2006년 월간 『예술세계』에 수필로 등단
2013년 《전북도민일보》 신춘문예 수필 당선
2013년 수필집 『간맞추기』 출간

수 상 소 감

초등학교 5학년 때의 독후감 대회 수상 경력은 젊은 날 나의 가장 빛나는 스펙이었다. 그것은 책을 읽는 데 필요한, 아주 커다란 동기부여가 되기도 했다. 삶의 가파른 능선을 넘고 또 넘다 대학교 평생교육원에서 시작한 글쓰기는 수필이었는데, 어느 날 이제막 소설에 입문한 친구로부터 소설을 배우게 되었다. 일하는 틈틈이 수원에서 서울의 소설 교실을 찾아다니며 목마르게 공부를 했던 것 같다. 아직도 목은 마른데 전태일재단으로부터 제32회 전태일문학상 공모전에 당선되었다는 소식을 듣고 기쁨과 두려움이 함께 왔다. 내가 받아도 되는 상인가 싶기도 하고, 나보다 더 젊은 지망생도 많은데 미안스럽기도 했다. 시간이 지나면서 그 감정은 감사함으로 바뀌고 있다. 양산군 기장면의 신앙촌 와이셔츠 공장에서 실밥을 따던 열다섯 살 소녀가 구로공단의 편물 공장과 S전자의 스피커 공장을 거쳐 어른이 된 후에도 얼마나 많은 노동을 해 왔나 생각해 본다. 소설 「꽃비 내리는 날」은 페인트 공사장에서 직접 겪은 일을 모티브로 쓴 글이다. 개문발차도 그렇고, 보험 회사도, 캔맥주도…. 오로지 두 다리만으로 먼먼 노동의 길을 걸어온 사람에게 주는 응원이라 믿으니 감사하고 또 감사한 마음이다.

제32회 전태일문학상

르포 부문 수상작

꿈꾸는 배관공 외

양
성
민

──── 프롤로그

5편의 노동 일기

5편의 짧은 글들은 저의 노동 일기입니다.

어쩌다 보니 참으로 많은 직업을 경험한 사람이 되었습니다. 건설 일용노동은 기본이었고, 택배 운송부터 시작해서 볼트 공장, 페트병 공장, 세탁 공장 설비팀, 축사 정화 장치 설비팀, 아파트 시설 관리원, 공원묘지 관리원을 거쳐 조선소의 배관공 및 건설 현장의 배관공까지 매우 다채롭습니다.

친구들이 늘 저의 최근 직업에 대해 궁금해하곤 합니다. 물을 때마다 달라지니, 한편으론 걱정스러워하면서 또 한편으로는 호기심에 차 있는 모습들이었습니다. "너 사람 묻어 봤냐? 가로 75센티, 세로 240센티 구덩이를 파서 몇몇 좀 보내 주고 왔지." 등으로 대답하면 친구들의 눈이 반짝거렸습니다.

5편의 노동 일기는 "어떻게 살았냐"는 친구들의 질문에 대한 대답을 글로 정리하고, 노동의 과정에 대한 설명을 좀 보태고, 주변 세상에 대한 저의 의견을 좀 다듬어 본 내용들입니다. 제가 겪은 노동의 현실인 동시에, 나와 인생에 대한 고찰이기도 합니다.

명휴(命休)라는 말이 있습니다. 비가 오거나 태풍이 불어서 작업을 중단하고 하루 휴일을 명령한다고 해서 명휴라고 부릅니다. 저는 이 말을 매우 좋아합니다. 그 휴일들은 대개 인위적인 사유가 아니라 하늘의 뜻에 따라 생겨난 휴일이니 어떤 신성함이 느껴지기도 했습니다. 삶에 지친 많은 이들에게 오늘 하루 명휴가 있었으면 합니다.

꿈꾸는 배관공

내 나이 마흔여섯

가장 안타까운 일은 어쩌다 나이를 이만큼 먹었냐는 것이고,

그나마 다행스러운 일은 이제는 나이를 이만큼 먹었다는 것이다.

"야 이놈아, 이기 왜 아침부터 쳐 졸고 있노."

오늘도 꾸뻑꾸뻑 졸고 있던 스무 살 먹은 배관 조공 녀석을 깨웠다. 매일 아침 6시에 일어나 출근, 밤 9시 넘어 퇴근, 씻고 누우면 11시. 그렇게 주 6일을 일하고 있다. 피곤할 만하다. 나도 피곤타.

21세기 직장에서, 동료 직원한테 이놈 저놈 하여서 될 일인가 싶지만, 지금은 이 정도라도 하지 않으면 곤란한 상황이다. 저 친구는 다른 기능공들이랑 일할 때는 조는 일이 없는데, 나랑 일할 때마다 꼭 저리 틈만 나면 졸고 있다. 내가 편하거나 만만한 것인데, 한두 번이면 좋겠지만 계속되면 나도 곤란하다. 작업반장이 안 그래도 눈치를 주고 있다. '조공 관리'를 '단디하라'는 것이다.

배관(配管)이란 각종 용도의 파이프(Pipe)를 도면(Drawing)의 계획에 맞추어 설치하는 여러 작업을 말한다. 상수도·하수도·가스·보일러 등, 우리 주위에 널렸지만 사람들이 그 존재를 잘 모르는 각종 파이프가 있다. 그걸 설치하는 작업이다. 바로 이 배관작업을 하는 기능공과 조공을 모두 배관공이라 부른다. 요즘엔 배관사라는 용어를 더 많이 사용하는데 일반적으로 배관사는 기능공만을 지칭하는 말로 쓰이고 있다.

배관 일은 보통 3인 1조로 진행된다. 파이프는 대개 길고, 설치하려면 양쪽에서 들어 올려야 하므로 웬만해선 혼자 할 수 없다. 기능공(Pipe fitter, Plumber)이 도면에 따라 조공(Assistant, Helper)의 도움을 받아 파이프를 설치하고 조립하면, 용접사(Welder)가 연결된 파이프와 파이프 지지대를 용접하여 마무리한다.

배관 일은 요령이 많이 필요하다. 같은 파이프를 설치해도, 작업의 순서에 따라 작업의 속도나 노력이 훨씬 달라지는 경우가 많다. 그래서 어떤 방식으로 작업을 진행해 볼까 많이 고민하게 된다. 나름의 독창적인 아이디어로 작업이 수월하게 끝나 버릴 때는 소소한 쾌감도 느껴지곤 한다. 물리학자 아인슈타인은 "다음 생에 태어난다면 배관공이 되고 싶다"라고 말했다 한다. 배관공의 작업이 이런 퍼즐 놀이 같은 재미를 가지고 있다는 사실을 알고 있었으리라 추측해 본다.

선박과 같은 금속 벽면에 파이프나 서포트(지지대)를 설치할 때엔 전기가 통할 수 있도록 용접 부위의 페인트를 벗겨 내어야 한다. 이때 주로 이용되는 공구가 그라인더다. 소형의 회전하는 둥근 톱이라 생각하면 되는데, 톱날 대신 연마석이 있어 쇠를 자르거나 갈아 내는 일을 한다. 그라인더 작업은 꽤 시끄럽고, 쇳가루가 풀풀 날리는 위험하고 번거로운 작업이다. 안전장갑·보안경·마스크·귀마개를 반드시 착용해야 하고, 작업에 제법 많은 시간이 소요되는데, 이것이 배관 조공들의 가장 주요한 업무이기도 하다.

근데 이 친구가 그라인더 작업을 한다고 멀찌감치 등 돌려 앉아서는, 거기서 틈틈이 졸고 있는 것이다. 졸다가 잠시 깨면 졸지 않은 척 그라인더를 한 번 돌려서 왕왕 굉음을 내어 주고, 또 졸고. 깨면 또 그라인더 한 번 돌려서 이번엔 불꽃을 내어 주고, 또 졸고. 이러기를 반복한다. 신기에 가까운 기술이다. 천둥과 번개를 손에 쥔 마술쇼에 가깝다. 저 위험한 연장을 저리 생활 친화적으로 사용하다니, 아무나 할 수 있는 게 아니다.

위태로운 우리 조수님을 위해 뭔가 따끔한 정신 교육이 필요로 한 시점이다. 어찌하면 제대로 교육이 될까 고민을 해 본다. 평생 관리자나 상급자로 일해 본 적이 거의 없어서 어색하다. 그리고 사실 누군가를 일 열심히 하라고 책망하는 게 쉬운 일이 아니다. 뭐 나만 그럴까. 대부분이 그런 경험이 없이 상사가 되고 고참이 된다. 문제는 우리 사회에서는 갈등 상황에서의 토론이란 것을 학교에서고 어디서고 배운 적이 없으니 이렇게 껄끄러운 상황에서 어떻게 대화하고 어떻게 소통해야 할지 대부분 잘 모른다는 것이다.

활용할 만한 경험은 대부분 군대에서 배운 것뿐이다. 그래서 직

장에서 하급자를 만나면 일단 군대식의 용어, 표현, 분위기가 형성
된다. 이것이 직장 문화를 만들고, 사회 문화를 만들고, 대학 문화
를 만들고 가정 문화를 만든다. 갈등 상황에서의 대화, 소통, 토론.
이런 것들에 우린 익숙지 않다.

"니는 이 위험하고 시끄러운데, 잠이 오나? 행님이 뭘 하고 있으
면 옆에서 보고 배워야지 뭐 하노?" 도끼눈을 뜨고 한마디 던졌다.

멋쩍게 웃는 우리 조수 양반. 보통은 "죄송합니다. 행님"이라고
한마디하고 말 텐데, 왠지 오늘은 진지한 표정을 지으며 "어젯밤
에 잠이 안 와서 못 잤습니다"라고 한다. 어쭈 이놈 봐라? 그걸 핑
계라고 대는 것인가.

"왜? 와 잠이 안 왔는데?"

물어보니, 이리 답한다.

행님, 저는 꿈이 없는 것 같습니다

잠시 말문이 막혔다.

아, 갑자기 이게 뭔 소리지? 뭔 자다가 꿈같은 소릴 하는 것이
지? 꿈인가?

….

이 친구는 우리 물량팀에서 나이가 가장 어린 친구였다. 공고를
졸업하고 군대에 가기 전까지 돈을 벌겠다고 조선소 물량팀에 동

갑내기 친구랑 함께 들어와 벌써 1년 2개월이 넘게 이 팀에서 일하고 있다. 만 나이로 치면 열여덟, 열아홉 살에 이곳에서 첫 노동을 시작해 이제 스무 살, 스물한 살이 되어 가는 것이다. 허구한 날 술 먹고, 놀러 다니기에 바빴던 스무 살 시절의 나의 모습과 비교해 보면, 정말이지 정직하고 성실한 청년의 모범 같은 모습이라 볼 수 있다.

공업고등학교에서 용접기능사 자격증을 따긴 했지만, 그걸로 용접 실무를 맡을 수는 없었다. 하지만 용접에 대한 기본 지식은 배관 일에 필수적이라, 덕분에 어린 나이지만 수월하게 일을 시작할 수 있었던 것 같다. 이 당시엔 조선소 배관이 한창 일이 많고 인력이 부족한 때라, 일한 지 1년 정도만 지나면 보통 조공을 그만두고 초짜 기능공으로 일하곤 했다. 내가 운 좋게도 그런 경우였다. 하지만 두 친구는 기능공이 되기 어려웠다. 배관공은 기능공과 조공으로 짝이 되어야 하는데, 나이가 어려서 자신보다 나이와 경험이 많은 아저씨들을 조공으로 두고 업무지시를 하며 일하기엔 어렵다는 게 주위의 판단이었다.

그래서 1년 넘도록 매일 똑같은 단순 업무만 반복했다. 어차피 기능공으로 일해 볼 기회가 없다는 생각에 적극적으로 일을 배우려는 자세도 점차 줄어들었고, 작업에 의지도 떨어지게 되고, 그러다 보니 지각 같은 걸 하는 날이 많아졌다. 같이 일하는 형님들이 매일 나무라는, 그런 일상의 반복이었다. 주 5일 근무라도 지켜지고, 6시 퇴근이라도 할 수 있거나, 연월차라도 쉽게 썼다면, 어쩌

숨이라도 좀 돌려 볼 수 있을 텐데, 조선소 물량팀은 그런 여건도 되지 못했다. 나 역시 토요일에 하루 쉬겠다고 말했다가 "니가 공무원이냐"는 질책을 받은 적이 있다.

그러다가 아마도 청년은 '어떻게 살아가야 하나'라는 고민에 빠져들기 시작한 것 아닌가 싶다.

세상을 쪼끔이라도 더 살았으니, 뭔가 형님다운 대답을 해 주고 싶었는데, 딱히 떠오르는 게 없었다. 머리를 짜내다 보니, 가까스로 유튜브에서 본 유명한 스님의 말씀이 생각났다. 대충 이런 말이었던가? 스님 말씀을 제대로 이해한 것인지 모르겠지만 비슷하게 흉내 내어 보았다.

"사람이 거창한 꿈이 있어야 하나. 없어도 된다. 욕심이 있는 사람들은 욕심대로 살고, 욕심이 없는 사람들은 그냥 편한 마음으로 지내면 된다. 억지로 욕심을 내고, 뭔가 대단한 걸 하려 하고 그러지 않아도 된다고 하더라."

적절한 조언이 되었을까?

그런데, 정작 나도 궁금하다. 당최 꿈이란 무엇일까? 근사한 직업? 성공? 아니면 행복?

꿈, 성공, 행복 그리고 노동

'성공'이란 척도로 바라본 인생과, '행복'이란 척도로 바라본 인생은 사뭇 다르다고 생각된다. 길 가는 사람들 백 명에게 '당신은 성공하셨습니까?'라고 묻는다면 과연 그렇다고 말할 사람은 몇이나 될까? 10명 정도? 하지만 길 가는 사람들 백 명에게 '당신은 행복하십니까?' 묻는다면, 그래도 절반은 대충 행복하다고 답하지 않을까?

　직업의 선택과 직장생활을 '성공'이란 척도로 바라보면 참 갑갑해진다. 성공이란 의미는 흔히 사회적 지위나 계층과 연관되기 때문이다. 나의 눈보다는 타인의 눈으로 바라본 인생의 점수. 그게 주로 성공의 척도가 된다. 그래서 등수와 같은 것으로 비교되기가 쉽다. 몇 등의 대학을 나왔는가, 몇 번째 가는 기업에서 일하는가, 얼마나 어려운 경쟁시험을 통과하였는가로 측정된다. 숫자로 환산이 되는 것, 예를 들면 재산 같은 것이 비교의 중요한 근거가 된다. 얼마짜리 집에 살고 어떤 급의 차를 몰며, 어떤 상표의 시계를 차고 얼마짜리 가방을 들었는지 중요하게 여기는 것은, 그것이 '성공의 지표'이기 때문이다. 성공의 척도로 바라본 인생에서 직업이나 노동은 촘촘히 등수 매겨진 신분 증명 중의 하나인 것이다.

　여기에 반해서 '행복'이란 척도로 바라보면 조금 수월해진다. 행복이란 척도는 타인의 눈으로 바라보는 것이 아니라, 나의 눈으로 바라보게 되기 때문이다. 직업을 달성해야 할 어떤 목표로 생각하지 않는다. 직업과 노동은 하나의 수단일 뿐이다. 가난하고 아픈 사람들을 돕겠다는 목표가 있다면 그곳으로 향해 가는 수단은 여러 가지로 선택할 수 있다. 의사가 되면 좋을 것이다. 그렇지만 간

호사가 되거나 간병인이 되거나, 사회복지사가 되어도 좋다. 불필요한 경쟁으로 시간과 노력을 과도하게 낭비하지 않아도 되니 더 나을 수도 있다. 그리고 그러한 노동을 통해서 '존재감과 보람'을 찾을 수 있을 것이다.

아예 직업이나 노동에서 특별한 목표나 재미를 기대하지 않아도 좋다. 최소한의 노동으로 생존을 유지하고, 자연과 함께하는 무위의 삶을 추구하는 것도 행복의 척도로 본다면 그저 좋은 것이다.

스무 살의 사회 초년생의 첫 직장생활. 많이 힘들어 보인다. 하지만, 그가 찾으려고 하는 그 꿈이라는 것이 성공의 꿈이 아니라 행복의 꿈이었으면 좋겠다. 성공의 꿈에는 항상 패배자가 있지만, 행복의 꿈은 승패를 나누지 않으니깐.

내가 좋아하는 일이 무엇인지, 너는 알까?

아직 스무 살이고 배관 일은 이만큼 경험해 보았으니, 뭔가 다른 일을 경험해 보는 것도 나쁘진 않을 것이다. 그래서 이렇게 또 조언해 보았다.

"니가 좋아하는 일이 뭐뇨? 너무 거창하게 '나는 꿈이 뭔가' 이런 거보다, 내가 평소에 좋아하는 게 뭔지부터 한번 편하게 생각해 보면 안 되겠나?"

적절했을까? 너무 흔하고 평범한 이야기 아니었을까? 그런데,

자신이 좋아하는 게 뭔지 확실히 알고 있는 사람이 과연 몇이나 있을까에 대해 의심이 되긴 한다. 사실 나도 잘 모른다. 내가 뭘 좋아하는지.

다음 날 우리 조수 양반께서 어제보다는 조금 더 밝아진 얼굴로 이야기했다.

"행님, 연예인 매니저가 되어 볼까 하는데 말입니다."

"아?"

연예인 매니저? 그딴 게 왜 하고 싶지? 지금은 생각해 보니 그것도 재미가 있어 보이는데, 그때는 사실 이해가 가지 않았다. 하지만, 내가 좋아하는 일을 강요해서 될 일인가. 자신이 좋다면 될 일이다. 어쨌든 표정은 좀 좋아졌다. 잠을 못 잔 얼굴도 아니다. 그런데, 좋아하는 한 가지를 발견했으면 그다음은 무엇이어야 할까? 무조건 그 일로 달려가는 것일까? 다행히 이번에도 스님이 유튜브에서 비슷한 이야기를 한 게 기억이 났다. 다시 한번 흉내 내어 비슷하게 읊어 보았다.

"근데 말이다. 사람이 좋아하는 일을 하면서 그기 돈이 안 되는 경우가 많다더라. 그래서 되도록, 내가 좋아하는 일을 하되 최소한 먹고살 수는 있는 일이나 기술을 같이 준비하면 좀 안정적이지 않겠나. 그래서 좋아하는 일, 돈 되는 일, 요렇게 두 개쯤 준비하면 좋다고 하던데, 먹고살 만한 돈 되는 일은 뭘 좀 하면 좋을까 함 생각해 봐라."

조수 양반이 평소에 내 말을 이리 잘 듣는지 몰랐다. 시키는 작업은 마냥 잊어버렸다고 안 하는 놈이, 요즘 진로 고민에 대한 숙제는 밤마다 고심해 보는 듯하다. 주말이 지나고 다음 날, 일을 마치고 돼지국밥을 한 그릇 사 주러 갔다. 소주도 한잔 사고. 함께 온 스무 살 청년들 칭찬을 한참 했다.

그리고 물어보았다.

"그래, 돈 되는 일은 어떤 걸 좀 고민해 보았냐?"

사실 내가 더 궁금했다.

그런데 이놈 대답이 가관이다.

"행님, 보도방은 어떨까요. 제 친구가 보도방에서 일을 좀 하는데 겁나게 돈을 벌고 있다고."

보도방이란 성매매 소개소를 말한다. 진심이었을까, 아니면 나를 놀리는 것이었을까. 이 쉬키.

"야 이노무 쉬키야, 가난하고 오갈 데 없는 여자애들을 도와주지는 못할망정 그걸 등쳐먹고 사는 게 사람이 할 짓이냐. 확 마."

좋아하는 일 : 방송 연예 관련 업무
생계를 유지할 만한 일 : 보도방 등 범죄 행위를 제외한 어떤 일

4, 5일 정도를 진로 고민을 하며, 그라인더를 쥐고 꾸벅꾸벅 졸던 조공 선생께서는 대충 이 정도로 진로 고민을 중단하고는 이내 다른 일로 바빠셨다. 생애 첫 해외여행을 준비한다고 분주해진 것

이다. 뭐 좋아하는 걸 꼭 오늘 찾아야만 하는 건 아닐 것이다. 여행을 다니다가 또 다른 '좋아하는 일'이 생기고, 새로운 선택을 할 수도 있지 않겠나.

그리고 아무 일이나 닥치는 대로 마음에 들어 하는 낙천가가 있는가 하면, 어떤 일도 그냥 다 마음에 안 들어 하는 나 같은 만성 불평가도 있을 수 있다. 어쨌든 서두를 필요가 없다. 살아가며 천천히 결정해도 될 일이다. 모차르트와 마이클 잭슨과 같은 천재들은 다섯 살 어린 시절부터 음악을 시작했다지만, 난 그들이 행복했다는 이야기를 듣진 못했다.

중요한 것은 오늘 하루 나의 노동이, 그럭저럭 괜찮았다면 충분하지 않을까.

행복을 꿈꾸는 일터가 되었으면 좋겠다. 학업을 꿈꾸는 친구들은 진학을 하고, 딱히 학업에 관심이 없는 친구들은 건강하게 노동하며 '나는 무엇을 하고 살면 행복할 수 있을까?' 찬찬히 고민해 보는 그런 일터.

찬란한 태양과 같은 나이의 청년들을 마치 이 사회의 패배자인 듯 낙인찍고, 열악한 노동 환경과 저임금을 마치 수형 생활의 형벌처럼 강요하는 것이 오늘의 현실인 듯하다. 옳지 않다. 서울대 법대에 진학하든, 조선소 배관공으로 취직하든 스무 살의 얼굴은 태양처럼 빛나야 한다. 그늘져서는 안 된다.

조수 선생은 어제까지 뭐 죽을 것 같던 얼굴이더니, 여행 간다고 다시 쌩쌩하다. 아침저녁으로 웃는다. 뭐 형님들의 온갖 놀림과

욕설에 여전히 시달리고 있지만, 최소한 잠을 못 자는 것 같진 않다. 별거 아닌 것에 상처받는 연약한 나이가 스무 살이기도 하지만, 자고 나면 나아 버리는 무서운 회복력을 가진 것도 스무 살이기도 하다. 잘 헤쳐 나가겠지. 부럽다.

근데, 사실 내가 지금 스무 살 청춘들을 걱정할 때인가. 내 걱정이나 해야 한다. 쿨럭쿨럭. 아 근데 저 쉬키 또 졸고 있네.

백야(白夜)

팽이

쓰러지지 말라고, 쓰러지지 말자며

온몸으로 채찍질 당하며

이 악물고 버텨 내는

생의 한

점

땅 위에 뿌리내리지 못한 자들의 서글픈 곡예

조선소에서는 아침에 출근하면 TBM이란 것을 한다. Tool Box Meeting의 약자인데, 현장에 도착하여 그날 작업의 위험 요소를 찾고, 특별히 조심하자고 다짐하는 그런 시간이다.

작업반장이 평소와 달리 피곤한 사람이 있냐, 혈압이 높은 사람이 있냐 물어본다. 혈압은 없지만 피곤하다. 슬쩍 손을 들려 했지만, 옆에서 동료가 내 팔을 꼭 쥐고 고개를 도리도리하고 있었다. 그렇다. 지난번에 토요일에 쉬겠다고 손들었다가 "니가 공무원이냐"고 핀잔을 들었지 않나. 반장의 심기를 자꾸 건드려서 좋을 거 없다. 동료들이 피곤해진다.

매일 6시에 일어나서, 7시 귀가. 아니면 9시 반 퇴근해서 10시 반 귀가. 이렇게 주 6일 근무가 일상인데, 안 피곤하면 이상한 거 아니냐. 안 피곤한 사람 손들라고 해야지. 속으로 투덜거린다.

그건 그렇고, 오늘따라 평소에 하지 않던 질문을 왜 하는지 궁금했다. 나중에 동료들에게 들으니 맞은편 상선에서 작업하던 파워공이 어제 죽었다는 것이다.

파워 작업이란 도장(塗裝) 작업 직전에 배의 이물질을 제거하고 정리하는 작업이다. 배의 껍데기를 만들고 그 안에 배관과 전기 장치를 설치하면, 그다음 페인트칠을 한다. 페인트를 칠하려면 주변을 깨끗이 치우고, 용접 자국이나 녹슨 표면과 이물질을 모두 정리해야 하는데 이것이 파워 작업이다. 주로 사용하는 것은 묵직한 6인치 그라인더인데 이게 무겁고 위험한데다가 쇳가루와 먼지가 어마어마하게 일어난다. 그래서 공기주입 호스가 달린 잠수복 같은 방호복을 입고 작업을 하게 된다. 공구도 무겁고, 진동과 소음도 강하며, 작업의 자세도 힘들어서 조선소의 업무 중 육체적 강도가 가장 높은 업무 중의 하나다.

그라인더 작업이 끝나면 샌딩 또는 블라스팅 작업(Sand blast)을 하게 되는데, 소방 호스 같은 것으로 모래 가루를 고압으로 선박 표면에 쏘아서, 표면이 반질반질하도록 갈아 내는 것이다. 이 또한 위험할 뿐만 아니라 먼지가 어마무시하게 일어난다. 먼지 폭풍 수준이다. 어쩌다가 배관 작업을 빨리 끝내지 못하거나, 불량을 내어 버리면, 이 먼지 속에서 작업해야 할 경우가 있다. 난리도 그런 난리가 없다.

공기(工期, 작업의 기한)가 아주 다급했나? 극강의 노동강도인 이 파워 작업을 어제 밤샘으로 하였단다. 심지어 다음 날 오전까지 일하던 청년은 점심 무렵에 쓰러져서 이내 죽었다고 한다. 그의 나이 고작 서른둘이었다.

Kwarosa

과로사는 영어나 여타 다른 나라 말에는 없는 단어라고 한다. 과로사를 뜻하는 일본의 단어 가로시(かろうし / Karoshi)가 그대로 영어로 사용되었고, 최근엔 한국어 과로사(過勞死 / Kwarosa)가 그대로 영역되어 해외 언론에 사용되고 있다고 한다. 2023년 3월 호주의 ABC 방송국에선 이런 방송이 나왔다고 한다. "한국엔 Kwarosa라는 말이 있는데, 극심한 노동으로 인한 심부전이나 뇌졸중으로 돌연사하는 것을 일컫는 단어"라고 설명하며, "지금도 가장 오래 일

하는 나라에서, 정부가 69시간 노동시간을 추진하려 한다"라는 뉴스를 내어 보냈다고 한다. 우리나라의 과로사와 장시간 노동이 다른 나라에서는 재미있고 흥미진진한 뉴스거리인 것이다. 참고로 호주의 법정 근무시간은 주 38시간이다.

몇 년 전 경남 양산에서 일하던 이주 노동자 한 명이 자다가 사망했다. 20대였던 청년은 교대 근무 이후 방에서 잠을 자다가 죽었다. 외국인 노동자 상담소에서 청년의 사망원인을 의사에게 밝혀 달라고 요청했는데, 의사 선생님은 이리 대답했다고 한다.

"동남아시아 청년들에게 자주 발생하는 돌연사 증후군인 듯합니다."

처음 들어 본 이야기에 좀 당황스러웠다. 명색이 의료 전문가의 대답인데, 이런 용어가 정말 있나? 동남아시아 청년들은 정말 자다가 돌연사하는 경우가 많이 발생하는 것인가?

하긴, 과로사라는 단어가 없는 나라에서는 일로 인해 지쳐서 심장이 멈추는 것을 이해하지 못하고 '돌연사'라거나 '알 수 없는 죽음'이라고 말할 수도 있겠다. 그렇다. 일하다가 죽는 경우가 거의 없으니, 피곤해서 잠결에 심장이 멈추는 게 말마따나 돌연사이지 뭐겠는가.

하지만, 과로사의 나라 한국의 의사이지 않은가. 어떻게 그런 대답이 나오는 것이지? 욕을 해 주고 싶었다.

그런데, 최근에 알게 된 것이 '브루가다 증후군'이라는 게 있다고 한다. 분당 서울대학교병원 희귀 질환 센터의 홈페이지 자료에 따르면, 여덟 가지 형태의 희귀한 심장 질환을 소개하고 있는데, 이 중 하나가 브루가다 증후군으로, 유전병으로 심장에 치명적 질환을 앓는 환자들에게 발생한다는 것이다. 그런 의학 소견이 정말 있긴 있었다.

하지만 그놈의 희귀병은 왜 한국에만 오면 희귀하지 않은 병이 되는가를 따져 봐야 하지 않을까? 2022년 3월《경향신문》의 기사에 따르면, 2017년부터 2021년까지 5년간 한국에서 숨진 태국 국적의 이주민 535명의 사인 중 213명(39.8%)이 '사인 미상', '돌연사'라고 한다. 베트남, 필리핀을 포함한 이주 노동자 전체의 사망 사례 중 3분의 1이 사인 미상과 돌연사인데, 대부분 '심근경색 의증'이다. 심장마비로 죽었다는 소리다. 이들은 정말로 동남아시아의 청년들에게서 자주 발생한다는 그 희귀병으로 사망한 것일까? 희귀병 운운하기 전에 그들의 근무 현황과 노동시간을 판단해 보는 게 먼저 아닐까? 희귀병이란 확실한 증거가 없다면 과로 등 업무로 인한 죽음일 것이라고 봐야 하고, 만약 그에게 희귀병이 있었음이 확실했다 하더라도 과로로 인해 기존 질환이 더욱 악화하여 사망에 이르게 된 것일 거라고. 그리 판단하는 게 뭔가 좀 전문가다운 답은 아니었을까? 나는 그리 생각되는데.

법무부 통계를 보면 2017년부터 5년간 선원으로 일하던 미얀마 베트남 인도네시아 중국 이주 노동자 중 사망한 이가 98명인데 이 중 62명(63%)이 사인 미상으로 확인되었다. 사인 미상의 대부분은 원인 모를 심정지이다. 사망 원인의 63%를 차지하는 희귀병이 있단 말인가. 그거참.

전쟁 같은 밤일

목포의 한 조선소에서 일할 때였다. 조장이 철야 근무를 해야 한다고 통보했다. 물어보지도 않는다. 그냥 하라는 것이다. 철야 근무를 두어 번 해 본 경험이 있어서, 웬만하면 안 하고 싶었다. 돈도 좋지만, 일주일 내내 몸이 아프기 때문이다. 작업할 곳은 우리 쪽이 아니라 내일 시험 운전을 나가는 이웃 선박이었는데, 아직 작업 마무리가 안 되었으니 가서 일을 좀 해 줘야 한다고 했다.

'내일 시험 운전 나간다면 큰 작업은 대충 다 끝났을 것이고, 어영부영 시간이나 때우다가 어디 구석에서 좀 졸다 보면 아침에 퇴근하겠지?' 이렇게 나름 긍정적인 생각을 하고, 작업할 배에 올랐다. 그러나 웬걸? 내일 나갈 배가 페인트칠도 안 되어 있다. 이거 어쩌자는 것인가?

철야 작업의 책임자가 막대용접기(피복 아크 용접기)를 나에게 들려 주며 가접(假接)을 좀 하라고 한다. "저기요 저는 용접공 아닌데요. 배관공인데요." 말해 보았지만 괜찮단다. 빠진 시설물의 위치만 잡으면 된다는데, 내일 바다로 나갈 배를 가접을 해서 나가면 어쩌자는 것인지 알 수 없다.

어쨌든, 책임자가 시키는 대로 아직 배에 설치되지 않은 여러 시설물을 붙이기 시작했다. 용접기와 전기선과 용접봉 그리고 용접면을 들고 허겁지겁 갑판을 돌아다니는데, 한쪽에서는 한 무리의 아주머니들이 부지런히 페인트를 칠하고 있다. 내가 옆에서 불꽃을 사방에 튀기고 있는데, 곁에서 페인트와 시너를 섞어서 칠을 하는 것이다.

도대체 이게 뭔가. 내일 시험 운전을 준비하는 것인가 아니면 선박 방화(放火)를 준비하는 것인가. 우리는 "아주머니 좀 떨어져서 일하세요" 목소리를 높이고, 도장팀은 "아저씨가 좀 떨어져서 일하라"고 큰소리를 낸다. 이쪽에선 내일 나갈 배에 핸드 레일(갑판의 난간 손잡이)은 붙이고 나가야 하지 않냐고, 저쪽에서는 내일 나갈 배 '뺑끼'는 바르고 나가야 하지 않냐고 고함고함. 이게 뭐냔 말이다. 세계 제일 조선 강국이라더니.

그렇게 새벽 4시.

정신이 몽롱하다. 철야 근무를 할 때마다 호접몽(胡蝶夢) 이야기가 떠오르곤 했다. 꿈인가 현실인가의 경계선에 서 있는 기분? 그라인더를 들고, 꽤 높은 곳에서 작업 중인데 그라인더가 내 몸처럼 편안하고, 작업대가 높아도 무서운 게 느껴지지 않는다. 내가 그라인더인가 그라인더가 나인가. 그라인더로 갈아 낸 용접 자리가 반질반질해진다. 때깔이 참 곱다.

5시 반에 작업을 마무리하고 배에서 내려왔다. 여전히 의식이 몽롱하다. 어서 출퇴근 카드를 찍고 집에 가야 한다. 뇌는 아무런 사고를 하지 않는다. 생각은 에너지가 많이 소모된다. 모든 에너지는 오직 걸음걸음과 호흡에 사용해야 한다. 의식을 잃으면 안 된다. 정신 차려. 걸어서 간 건지 기어서 간 건지 모르겠지만 겨우겨우 탈의실에 갔다. 이제 카드 찍고 집에 가야지 생각하고 있는데, 작업 조장이 퇴근 카드를 삑 찍더니, 어라? 다시 출근 카드를 삑 찍는다. 그리고 8시에 또 나가야 하니, 여기서 좀 쉬라고 한다. 뭐라는 거야 이 쉬키가.

다음 날 내가 12시까지 일했는지, 저녁 6시까지 일했는지 기억이 나지 않는다. 무슨 작업을 한 건지도 지금은 기억이 나지 않는다. 그냥 뽀얀 구름 속에서 하루를 보냈던 것 같다. 철야 근무든 야간 근무든 다음 날이 또렷이 기억이 나는 경우가 거의 없다. 그래도 난 다행일까. 어쨌든 지금 살아 있으니 말이다.

썩어 빠진 근무 태도

어느 날, 하루는 너무 피곤하고 힘들어서 함께 일하는 형님에게 하소연했다.

"행님, 제가 요새 너무 생각 없이 일하는 거 같습니다. 분명히 출근할 때는 정말 쪼금만 일해야지 생각하는데 일하다 보면 까먹고 또 열나게 일하게 됩니다. 아… 생각을 하고 일해야 하는데, 생각이 없어 생각이…."

형님이 나더러 정신 상태가 글러 먹었다고 했다.

"쪼금만 일하겠다고 생각하는 것부터 잘못된 거야. 나처럼 오늘도 절대로 일하지 않겠다고 생각해야지. 생각이 썩었어, 너는."

그렇다. 근무 태도가 좋아야 한다. 내일 아침에도 눈뜨고 싶다면 말이다.

버튼 맨 그리고 단순노동

CNC는 Computer Numerical Control의 약자로, 컴퓨터로 수치를 제어하는 일련의 작업을 말한다. 연필깎이를 생각하면 되는데, 연필깎이를 손으로 돌리면 수동 목재 가공이 되지만, 깎는 방향과 속도를 수치로 넣어 자동으로 깎아 주면 CNC 연필깎이 기계가 되는 셈이다.

CNC 기계를 조작하고 다루는 사람을 CNC 오퍼레이터라고 한다. 연필깎이에 필요한 연필심의 길이와 두께를 설정하고, 이를 기계에 입력하여 작업을 수행하는 역할을 하는 사람인데 이들을 통해서 정밀가공이 진행된다. CNC 오퍼레이터는 인기가 많은 직업이다. 지인의 말에 따르면 공고에서도 인기 학과이고, 대학에서도 인기가 있다고 한다. 다양한 쓸모만큼 많은 일자리가 있고, 총기와 같은 재래식 무기도 이것을 통해 만들어 내니 국방 산업으로도 보호 육성한다고 한다.

보통은 하나의 기계에 한 명의 오퍼레이터가 배치되지만, 사장님의 입장에서 오퍼레이터가 1대의 기계만 돌리면 아까운 일이다. 월급이 4백만 원인 오퍼레이터를 5명 고용하는 것보다는, 월급 5백만 원인 오퍼레이터 하나에 월급 2백만 원인 미숙련 노동자 8명을 고용해서 24시간 공장을 돌리면 남는 게 더 크다.

이리하여 컴퓨터 수치제어에 대해 잘 모르는 초보 작업자들이 생산에 투입되는데, 주로 일자리를 찾아 외국에서 온 노동자들이 그 자리를 채우고 있다. 더러는 한국인이 채용되기도 하는데 내가 그런 경우였다. 우리 공장에서는 그리 부르는 사람이 없었는데, 나중에 보니 나처럼 기계에 대한 이해와 경험이 부족해서 단순한 반복 조작만 하는 사람을 '버튼 맨'이라고 부른다고 한다. 버튼 맨이라. 어감이 썩 좋지는 않았다.

다국적 버튼 맨

공장에 들어갔을 때, 직원은 20명 가까이 되었다. 필리핀에서 온 노동자가 5~6명, 파키스탄에서 온 친구들이 5~6명, 그리고 방글라데시, 우즈베키스탄에서 온 친구들이었다. 나이는 다들 나보다 적어서 모두 나를 '형님'이라 불렀는데, 나중에 보니 한국인이면 아무나 형님이라 부르고 있었다. 회사에는 사장님, 과장님, 대리님이 있고 나머지 한국인은 일단 형님이다.

새로 온 한국인 형님이 관리자인 줄 알고 많이들 경계하더니,

CNC 기계 앞에서 더듬더듬 기계를 배우고 있자 어느새 경계가 풀렸는지, 이런저런 것을 물어본다. 특히 필리핀 친구들과 대화를 많이 하게 되었다. 나의 잉글리시는 매우 스투피드 했지만, 그것도 더듬더듬하다 보면 어찌어찌 대화가 되었다.

필리핀 친구들은 보통 한국어가 서툴렀다. 전체적으로 볼 때 그동안 내가 만난 필리핀에서 온 노동자들이 대부분 그랬다. 금방 한국어와 한국문화에 적응하는 베트남 출신 노동자들과 많이 차이가 났다. 그런데 필리핀에서 온 노동자들이 왜 한국어가 잘 안 느는 것인지 그 이유는 금방 이해할 수 있었다. 어눌한 한국말을 할 때 한국인들의 반응과 유창한 영어를 할 때 한국인들의 반응이 눈에 띄게 다르기 때문이다. 나 역시 같은 상황이라면 영어를 쓰지 한국말을 쓰진 않을 것 같았다.

어쨌든 필리핀에서 온 고참 노동자들은, 한국인 초짜 직원에게 이것저것 여러 가지 작업 요령들을 굳이 부탁하지 않아도 와서 친절하게 가르쳐 주곤 했다.

하루 천 번 문을 열고 닫는 일

작업 자체는 매우 단순했다. 기계에 문제가 생기면 빨간색 고무를 씌워 놓은 비상정지 버튼을 누른다. 버튼을 누르면 기계는 무조건 동작을 멈추는데, 재가동하려면 비상정지 버튼을 왼쪽으로 돌려 뽑아 주면 된다. 작동 요령도 간단하다. 우선 기계의 문을 연다. 여닫이 창문같이 생긴 것인데, 오른쪽에서 왼쪽으로 당기면 열린다. 문이 달린 이유는 절삭유가 엄청나게 쏟아져 나오기 때문이다. 가끔 절삭된 금속의 파편들이 튀어나오기도 한다. 그걸 막아 주는 문이다.

　금속은 가공할 때 엄청난 고온이 되기 때문에 재료와 드릴 팁(쇠를 깎아 내는 드릴 날)이 쉽게 상한다. 이를 막기 위해서 절삭유라는 것이 자동으로 분사된다. 마치 불난 자동차에 소방차 호스가 물을 뿌리듯이 재료는 가공되는 내내 이 절삭유를 뒤집어쓴다. 절삭유는 보통 5 대 1, 10 대 1 정도의 비율로 물과 섞으면 되는데, 절삭유의 비율이 적으면 팁이 금방 상해 버린다. 작업 중에 문제가 생기면 귀찮아지기 때문에 작업자들은 비율을 따지지 않고 아예 절삭유를 때려 부어 버리기도 한다. 비율이 아예 1 대 1 정도? 사장님은 싫어하지만, 안 볼 때 열심히 부어 버리면 된다고 필리핀 친구들이 친절히 가르쳐 주었다. 이것도 나중에 알게 된 것이지만, 절삭유는 피부와 폐, 그리고 눈에 염증을 일으킬 수 있다고 한다. 사실 많이 써서 좋을 건 없다.

　문을 열고 나면, 원재료를 틀에 물려 준다. 연필깎이 틀 같은 게 있는데 이걸 척(Chuck)과 조(Jaw)라고 부른다. 조를 작동시키는 버튼은 신기하게도 발로 밟아 동작하도록 별도로 마련되어 있다. 풋 스위치(Foot Switch)라 부르는데 발로 밟아 집게의 이빨을 풀어 주거나 잠궈 준다. 원재료를 손으로 넣어야 하니, 손을 자유롭게 하

려고 이렇게 세팅해 놓은 것이 아닌가 싶다. 손 외에 발도 사용해
야 하니, 익숙하지 않으면 생각 외로 어려울 수도 있다.

　원재료를 틀에 물려 준 다음 다시 문을 닫는다. 그리고 운전 버
튼을 눌러 준다. 그럼 드릴 팁이 왔다 갔다 움직이며 재료를 깎는
다. 덩치가 큰 놈은 한 번 깎아 내는 데 몇 분이 걸리고, 간단한 제
품은 30초면 끝나기도 한다. 기다리는 동안 좀 쉬면 좋을 텐데 안
타깝지만, 기다리고 그럴 시간이 없었다. 일본말로 노기스(ノギス)
라고 부르는 버니어캘리퍼스(Vernier callipers)나 마이크로미터
(Micrometer)라는 측정 기구로 앞에 나온 제품의 치수가 정확한지
확인해 줘야 한다. 오차범위는 보통 0.2mm인데 0.1mm가 나오
면 관리자를 부르거나 절삭 팁 교체를 할 준비를 해야 한다. 이렇
게 후다닥 검사 체크를 해 보고, 바로 옆에 놓인 2번 기계를 돌리
러 가야 한다. 숙련이 되면 한 명의 작업자에게 3대에서 4대의 기
계가 맡겨진다. 기계 1대가 하루 500개의 제품을 만든다고 하면,
대략 1,000개에서 2,000개의 제품을 한 명의 작업자가 이 기계 저
기계를 옮겨 다니며 만들게 된다. 매우 단순하면서도, 매우 피곤
한 작업이다. 하루에 천 번씩 문을 열고 닫는 일. 그게 CNC 공장
에서 나의 업무였다.

박수갈채

문을 열고, 제품을 넣고, 문을 닫고, 버튼을 누른다. 또 옆 기계로 가서 문을 열고, 제품을 넣고, 문을 닫고, 버튼을 누른다. 또 옆 기계로 가서 문을 열고, 제품을 넣고, 버튼을 누른다. 아?

아차! 하는 사이에 기계가 돌아가고 절삭유가 기계 밖으로 뿜어져 나온다. 후다닥 문을 닫아 보지만 스프링클러처럼 뿜어져 나오는 절삭유에 이미 얼굴이고 머리고 가슴이고 다 젖었다.

허둥지둥 물을 뒤집어쓰고 있으니, 옆 라인에서 박수갈채가 터져 나온다. 짝짝짝짝.

"유후~ 형님 샤워~"

참 잘했다고 필리핀, 방글라데시, 파키스탄에서 온 만국의 동료들이 엄지를 척 들어 준다. 특히 바로 옆에 있는 필리핀 친구 마르코가 가장 좋아한다.

"형님, 시원해?"

그렇게 하루에도 몇 번씩 샤워를 하고 만국의 노동자들이 외쳐 주는 박수와 환호를 듣고 나니, 왜 프레스에서 손을 잘리는 사람들이 그렇게 많은지 이해가 되기 시작했다. 어려워서라거나, 집중력이 그저 부족해서가 아니다. 천 번이면 기계도 여러 번 오류를 내게 된다. 하물며 사람인데.

그러므로 프레스 같은 장비에서 안전장치를 떼어 내고 그러면 안 된다. 절대로.

단순노동이라는 이유로

물론 나도 열심히 기술을 배워서 오퍼레이터로 일하고 싶었다. 어떤 일이든 스스로 작업을 계획하고 주도적으로 일하는 것이 좋지 남에게 끌려다니는 건 힘든 법이다. 그렇다고 버튼 맨으로 일하는 자체가 그리 또 나쁘지만은 않았다. 뭐 사람에 따라 다르겠지만, 단순노동만이 주는 심적 안정감 같은 게 있는 것 같았다. 일정한 패턴을 가지고, 그렇게 복잡하지 않은 소소한 작업을 하다 보면 번다한 일상의 걱정이나 불안 같은 게 잠시나마 마음속에서 떠나는 것을 느낀다. 심리치료의 방법으로 뜨개질을 하거나, 대나무 바구니를 만들거나, 화단 가꾸기 등을 하는 것과 같은 이치가 아닐까 하는 생각이 든다.

문제는 단순노동 자체가 아니라 '단순노동이라는 이유로' 당연시되는 여러 불합리들이다. 단순노동이라는 이유로 터무니없이 저임금을 받는다. 최소한 하루 8시간에 대한 적합한 보상은 있어야 할 것 아닌가. 저임금이 되는 이유는 그래도 어느 정도 이해라도 가는데, 왜 장시간 노동은 당연하게 따라붙는 것인지 알 수 없다. 단순노동이기 때문에 근무 강도가 약하고 오래 일할 수 있다고 여겨시는 탓일까? 저임금과 장시간 근무에서 멈추면 다행이다. 생산량 압박까지 강해진다. "이 단순한 일을 왜 그리 천천히 하느냐."
는 것이다. 기계가 잠시도 쉬지 않도록 사람이 움직일 것을 요구받
는다. 기계가 사람을 지배하는 것은 먼 미래의 이야기가 아니다.
이미 사람은 기계의 부속품이다. 그리고 이건 중요한 문제인데 '단
순노동이라는 이유로' 온갖 잡다한 부가 업무를 덧붙인다. 고급 인
력들이 회사를 살리기 위해 고군분투하고 있으니, 여타의 잡다한
업무들은 저급 인력들이 해야 한다고 온갖 업무들이 하나하나 늘
어난다. 경력이 좀 쌓이다 보면 어느새 업무의 홍수 속에서 허우적
거리고 있다.

　그러다 보니 견딜 수 없어서 한국 국적의 노동자들은 공장에 왔
다가 다들 떠나간다. 그리고 그 자리를 여러 가난한 나라에서 일자
리를 찾아온 청년들이 채운다. 청년 실업이 사상 최대이고, 소위
노동을 포기한 실망 실업자들이 백만 명가량이 되어 간다는데, 과
연 인력 수입에서 얻는 소득이 자국의 대량 실업이 가져오는 사회
적 비용 지출보다 더 큰 규모일까? 무엇보다도 그 소득은 누구에
게로 가며, 사회적 비용의 지출은 누구에게서 나오는가.

　일자리를 찾아 가난한 나라에서 온 노동자들에게도 사실 가혹
한 노동조건인 것은 마찬가지다. 그래서 어떤 공장에서는 그 공장
을 떠나 다른 공장을 찾아가는 사람이 부지기수이기도 했다. (오해
할까 봐 말하지만, 우리 공장은 다른 공장을 이탈한 노동자들이 주로 옮겨 오는 회사
였다. 12시간 주 5.5일 맞교대 근무에 빡센 노동 환경이었음에도, 이 동네에서 그나
마 괜찮은 회사였던 것이다. 사장님이 좋은 분임.)

이런 와중에 소위 중소기업 대표 경영인들은 해마다 정부에 요구한다.

"외국인 인력이 공장을 옮길 자유를 막아 주세요."

그냥 솔직하게 말하는 게 좋다. "우리는 값싼 노예를 원합니다." 라고.

우리 사회에서의 단순노동

단순노동은 이리 대접해도 되나? 비단 CNC 공장에서의 문제만은 아닌 것 같다. 우리 사회에서 단순노동은 특히 천대를 받는 것 같다. '그 일은 누구나 할 수 있다'라는 사실은 편안함이나 친근함으로 다가오지 않는다. 낮은 계급과 열등감의 상징으로 받아들여지는 것 같다. 왜? 뭐 땜시? 세상의 절반이 단순노동인데, 왜 이렇게 천대하는 것일까.

『서열중독』이라는 책이 있다(유승호, 가쎄, 2015). 한국 사회에서는 모든 걸 서열화하는 사회이며, 병적인 수준이라는 내용의 고찰이 실린 재밌는 책이다. 그렇다. 한국은 뭐든 줄 세우기 좋아하는 나라다. 얼마 전 자동차 판매 광고를 봤더니, 차량을 가격대별로 나열하고는 '사원급, 대리급, 과장급, 부장급, 이사급, 임원급'이라며 서열에 적합한 차량이 뭔지 소개하고 있었다.

이런 분위기에서 우리 사회에선 직업 자체도 서열화되어 있는 것으로 보인다. 그리고 그 서열에 따른 차별적 대우는 매우 자연스러운 것으로 받아들여진다. 나는 이것을 1천 년 과거제도의 역사가 낳은 하나의 부작용이라 생각한다. 한국 사회를 '과거제 신분계급사회'라고 부르고 싶다. 직업은 곧 신분이며, 서열 시스템에서 한 세 분류일 뿐이다. 의대 입시라는 과거시험을 통과한 이들에게는 의사는 직업이 아니라 신분인 셈이다. 엄연하게 고임금과 사회적 대접이 보장되어야 하는데 신분 질서를 어지럽히는 정부의 '의사 증원' 조치 따위가 인정될 리가 없다. '의사'가 되려고 시험 본 게 아니다. '의사 선생님'이 되려고 시험을 본 것이다.

　직업에 신분적 차이가 있고, 계층이 있으며, 계층에 따라 그에 걸맞은 근로조건을 보장받음이 당연시된다. 시험을 통과한 교사들과 시험을 준비하는 예비 교사들은 학교 내 공무직, 비정규직 노동자들의 정규직화와 근로조건 개선 요구를 공개적으로 반대했다. '그들은 시험을 치르지 않았다'라는 이유에서다. 시험과 경쟁을 통한 '직업 간' 계층화와 '직업 내' 계층화는 사회제도로 자리 잡았고 아무리 큰 임금 차이도, 아무리 차별적인 근로조건도 우리 사회에선 그다지 문제가 없다. 심지어 단결을 통한 근로조건 상승도 거부된다. 시험과 경쟁 제도의 패배자들은 근로조건 향상의 권리가 없다는 것이다. 이것이 단순노동으로 혹은 주변부 노동으로 낙인찍힌 자들에 대한 사회적 인식인 듯하다.

　'초등학교만 나와도 할 수 있는 노동', '누구나 할 수 있는 노동', '학력이 중요치 않은 노동', '자격을 획득하기 쉬운 노동'은 곧 멸

시와 차별의 대상이 된다.

Chat GPT에게 물었다
단순노동의 사회적 가치가 무엇이냐고

도대체 단순노동은 사회적 가치가 없는 것일까? 요즘 인기가 좋은 인공 지능에게 물어보았다. "단순노동의 사회적 가치는 무엇일까요?"라고 써 놓고 기다리니 10초도 안 되어 단순노동의 사회적 의미를 열두 가지 소제목으로 나열하여 설명해 주고 있다. 그중 일부를 소개하면 이렇다.

먼저 숙련노동은 홀로 존재할 수 없다. 오퍼레이터는 버튼 맨으로부터 출발한다. 단순노동은 숙련노동을 지원하며 숙련노동이 되기 위한 출발점이다. 그리고 단순노동은 복지 등 공동체의 필수 기능을 수행한다. 대부분의 필수적 노동이 단순노동인 것이다. 위생, 청소, 유지보수, 음식 서비스 및 소매업 등 단순노동은 일상생활의 기본적인 형태이고 이러한 서비스가 없다면 전반적인 삶의 질은 저하되는 것이다. 도로 교량 건물 등 사회 인프라를 유지 관리하고 수리하는 것 또한 주로 난순노동으로 수행된다. 이렇게 고급 기술이나 전문 교육을 필요로 하진 않지만, 경제적 이해를 넘어서는 상당한 사회적 가치를 가진 노동, 사회의 안전과 기능을 보장하는 중요한 역할들이 대부분 단순노동으로 수행되고 있다.

그 밖에도 단순노동은 그 사회에서 여러 가지 다른 중요한 역할을 해내고 있다. 불경기 시 실업의 완충지대로 기능한다. 취업 준비생이나 중간 실업군에게 새로운 직장을 구하기 전의 준비 공간으로 기능하는 게 단순노동의 인력 시장이다. 동시에, 졸업생들과 같은 노동 시장의 신규 진입자들에게 노동의 기초에 대해서 훈련할 수 있는 공간이기도 하다. 무엇보다도 중요한 것은, 위기 상황에서도 경제적 곤궁에 빠지지 않고 건강한 사회 구성원으로 계속 살아가게 할 최소한의 사회안전망으로써의 역할을 해내는 것이 단순노동이다.

그런데도, 우리 사회는 단순노동이라는 이유로 그 현장을 '저임금', '과로', '위험 노동'으로 방치시켜 버리고 있다. 그 결과 소위 3D 직종으로 인식되어 이를 기피하게 만들고, 그 자리를 수입 노동으로 대체시켜 버린다. 이것은 국가에도 사회에도 국민 개개인에게도 모두 좋지 않은 결과로 남는다고 본다. 사회안전망에 쓰이는 비용은 비용대로 지출하면서, 사회는 안전하지도 않고, 효율적이지도 않게 된다.

언론과 대학이 그저 자신들의 이해관계에 따른 오염된 답변을 쏟아 낼 때, 인공 지능은 이렇게 간결하며 명쾌한 답을 주고 있다. 멀고 먼 어느 날, 인간은 정치와 재판, 교육과 의료 등 스스로를 제어할 모든 권력을 AI에게 공식적으로 이양하는 날이 오지 않을까? 왠지 그럴 것 같다.

단순노동을 위하여

우리 사회에는 여러 형태의 버튼 맨이 있다. 이 모두에게 고임금과 최상급 대우를 바라는 것은 현실적으로 어려울 것이다. 하지만 최소한 생활을 유지할 수 있는 일자리, 최소한 일과 삶의 균형을 맞출 수 있는 일자리, 최소한 청년들에게 노동의 경험이 상처와 트라우마로 기억되지 않을 수 있는 일자리. 그 정도는 만들 수 있지 않을까.

최소한의 몇 가지만 지켜도 절반은 해결될 수 있다고 본다. '생계를 유지할 만한 금액의 최저임금 산정과 최저임금법의 준수', '주 5일 이하, 하루 8시간 이하의 근로시간', '죽지 않고 일할 수 있는 산업안전 보건 조치', '노동허가제의 실시, 사업장 변경의 권리 인정, 무분별한 인력 수입의 재고' 이런 것들이다.

단순노동을 보호하는 것은 국민을 지키는 문제이고 사회를 지키는 문제다. 단순노동을 보호하는 것은 '국가안보' 차원에서 다루어져야 하고, 최저 근로조건의 준수야말로 가장 우선되어야 할 '법과 원칙'이 아닐까.

우리 집은 내 손으로

"오늘 데마찌입니다."

인력사무소 소장의 한마디에, 사람들이 주섬주섬 일어난다. 말이 없다.

데마…? 뭐라고?

왜 다들 일어나는 것일까? 사람들이 자리를 비우고 나서도 나는 10여 분을 더 앉아 있었다. 왜 떠나는지 알 수 없었다. 어딘가 한꺼번에 가는 현장이 있는가 보다 하고 생각했다.

잠시 있으니, 인력사무소 소장이 자리에서 일어나 나보고 "같이 사무실 청소 좀 합시다"라고 한다. 뭐 이런 걸 시키나 싶었지만, 그래도 소장에게 잘 보이면 좋지 않겠나. 같이 일을 하였다.

그리고 잠시의 청소가 끝나자 인력사무소 소장이 불을 끄며 사무실에서 나가려 한다. 그리고 나에게 한마디 했다.

"내일은 일이 좀 있을 것이니, 오늘은 집에서 좀 쉬이소."

아, 그제야 깨닫게 되었다. 데마찌. 일이 없다는 뜻이다. 공치는 날.

'데마찌'라고 부른다. 인터넷 검색을 해 보니 테마치(でまち[出待ち])라는 일본어에서 유래된 것 같다고 나온다. 일본말로 '기다린다'라는 뜻인데 인력사무소 같은 데서 '하염없이 자기 일을 기다린다'라는 뜻으로 차용했을 것으로 추측하고 있다.

건설용어들에는 일상에서 잘 쓰지 않는 알 수 없는 말들로 가득하다. 주로 일본말에서 유래한 게 많다. 건설업이 근대 기술이고 일제 강점기에 유입되었으니 어쩔 수 없어 보인다. 하지만, 대부분의 영역에서 일본말이 사라지고 있는데, 유독 건설 현장에서의 일본식 용어들은 좀체 사라지지 않고 있는 이유가 무엇인지 따로 연구가 필요할 것도 같다.

곰방(자재 운반), 삿보도(서포트, 지지대), 야리끼리(돈내기, 성과급, 할당된 업무가 마무리되면 조기 퇴근함), 데모도(시다, 보조, 조수), 함바(현장식당), 공구리(콘크리트), 하스리(평탄 작업), 자바라(주름관), 우마(받침대, 1단 사다리), 오함마(해머), 반생이(가는 철사), 빠루(긴 장도리), 바라시(목공 해체 작업), 사게부리(수직 추), 나라시(고르기), 시마이(끝, 마무리), 오사마리(정리, 마무리), 대나오시(불량, 재시공), 오야지(책임자).

처음 일을 시작하면 용어 때문에 참 애를 먹는다. 이 땅은 한국이고 동료들은 한국인이며 나의 모국어는 한국어인데도 불구하고 마치 이국에 온 외국인 노동자의 심정이다. 각종 연장과 재료의 이름들이 낯설고 작업의 명칭들이 아직 낯선 초보 건설인력이라 어쩔 수 없는 점도 있지만, 한국어로 말해도 낯선 용어들을 굳이 어려운 일본어로 하니 더욱 난감한 것이다.

'노가다'라는 용어 또한 토목공사 종사자를 뜻하는 일본어 도가
타(どかた)에서 온 말이라고 한다. 더러는 노가다라는 말이 영어
NO와 일본어 '가다'가 섞여 '폼이 나지 않는 일', '세련되지 않은
일'이란 의미라고도 하는데 구체적인 어원은 확인되지 않았다. 여
하튼 공사판은 사용되는 용어부터 근대적(近代的)이다.

비가 오면 쉬는 낭만적 노동

일이 없다는 소식에 표정이 어두워지는 사람도 분명히 있다. 하
지만, 꼭 다들 그런 것만은 아니다. 성실한 삶이 아무리 좋다지만
주당 4일 정도만 일하는 세계를 꿈꾸는 나 같은 게으른 놈들도 때
로 있지 않은가. 가까운 찻집을 찾아 진한 차 한잔을 마시는 것도
좋고, 아무 방향으로든 산책을 나서는 것도 좋다. 아무 길이나 산
책을 나서서 걷다가, 분위기 좋은 카페를 만나면 그건 더 좋다.

김남주 시인은 자녀의 이름을 토일이라고 지었다고 한다. 김토
일. 한자로 쓰면 金土日이다. 주 4일 일하고 금, 토, 일 주 3일 쉬는
나라에서 살아가라고 지어 준 이름이라고 한다. 멋지지 않나. 아무
나 시인이 되는 게 아니다.

최근 들어 커피숍이 참 많이 생겼다. 가격은 그리 싸진 않다. 한
잔 커피값이 한 끼 밥값과 맞먹지만 그래도 굳이 들어가 앉아 본
다. 진한 커피 향을 맡으며 나무 테이블에 팔을 올려놓으면 왠지

'나는 여유가 있는 사람이다'라는 착각에 빠져든다. 실지로 내 인생에 여유가 있는가 없는가는 잘 모르겠지만, 통장에 찍힌 숫자가 상징하는 의미를 잊고 잠시나마 풍요로움을 느껴 본다.

모든 건설 현장이 그런 것은 아니지만 날씨에 따라 조업이 좌우되는 경우가 많다. 건설 현장도 그러하고 조선소의 경우도 그러하다. 많은 경우 비가 오면 쉬게 된다. 비가 오면 쉬는 직장. 이거 낭만적이지 않은가?

출퇴근과 근무조건이 모두 안전하게 스케줄로 정해져 있고, 출근이 어려우면 집에서도 일하고, 휴대전화로도 일할 수 있는 세상이다. 그리고 그렇게 일할 수 있는 직업을 갖기를 많은 사람들이 바란다. 하지만 뒤집어 보면 세상 어디에서도 피할 수 없는 노동의 족쇄를 찬 삶이지 않은가. 직업의 세계란 그렇다. 모든 면에서 좋을 수는 없다. 장점을 뒤집으면 단점이 된다.

내가 커서 아빠처럼 어른이 되면

"우리 집은 내 손으로 지을 거예요."

어릴 때 이런 노래를 흥얼거렸던 기억이 떠오른다. 초등학교에서 음악 시간에 배웠는데, 노랫말도 좋고 하니 즐겨 흥얼거렸던 것 같다. 카세트도 거의 없던 시대임에도 불구하고, 입에서 입으로 구전(口傳)되어 모두가 흥얼거리게 되니, 요즘으로 치면 밀리언 히트

곡이라 봐야 하지 않을까 싶다. 이 노래를 작곡한 박흥수라는 분은 동요 〈진달래꽃〉을 작사하신 분이라 한다. 아름다운 동요를 남겼으나, 누가 그 노래를 만들었는지도 모르고 있었으니 안타깝고 미안한 마음이 든다.

노래를 떠올리며, 한 가지 궁금증이 생겨났다. 우리가 어릴 때 노래하던 가사 속 어른은 '집을 구매해서 소유할 수 있는 사람'을 말하는 것일까, 아니면 '집을 지을 수 있는 사람'을 말하는 것일까? 노래가 말하는 사람은 '어른'이라는 동일한 사람이었지만, 어느덧 집을 소유한 어른과 집을 짓는 어른이 다른 범주가 되어 버렸다.

그리고 안타깝게도, 집을 소유한 어른이 되는 것은 근사한 꿈이지만, 집을 만드는 어른이 되는 것은 그다지 근사한 꿈이 되지 못하는 세상이다. '폼이 나지 않는 직업'이 되어 버렸기 때문이다.

현실에 맞추어 노래 가사는 이제 이렇게 바꾸어 보자.

"내가 커서 아빠처럼 어른이 되면, 우리 집은 내 돈으로 지을 거예요~"

적절한 변주이긴 하지만, 아… 좀 이상하다.

집은 인기 있으나, 집 만드는 직업은 인기가 없는 나라

농사와 같이, 건축과 토목 활동은 인간의 삶에서 떼어 내기 어려운 기본적인 활동이자 친근한 노동이다. 살면서 누구나 한 번쯤 삽질을 해 보았을 것이며, 한 번쯤 페인트 작업을 해 보고, 한 번쯤 시멘트 작업과 전기 배선, 배관 작업을 해 보게 된다. 그만큼 생활 친화적이고 쉽게 접할 수 있는 노동이다.

현대에 들어 목공 활동과 DIY 활동도 매우 활발해져서, 이젠 취미생활로 가구나 인테리어 정도는 직접 하고 있고, 아예 직접 집을 지어 올리는 경우도 흔하다. 많은 사람들이 취미로 혹은 퇴직 후 부업으로 건축 기술을 배우고 싶어 한다. 동호회나 공방 또한 곳곳에 차려져 있다.

예수의 양아버지 요셉은 목수였다고 한다. 그렇다면 아마도 예수 또한 서른 이전까지 목공업을 했을 것이라 추측할 수 있지 않을까? 다시 말해, 예수 또한 건축 노동자이며 건설 노동자였을 것이다. 그렇다. 예수도 노가다꾼이었을 가능성이 높은 것이다.

이렇게 아이들의 노래에도 나오고, 생활 주변의 익숙한 노동이며, 심지어 신성하기까지 한 건설 노동은 그러나 이 나라에서 대우가 참으로 형편이 없다. 직업적인 만족도도 그리 높아 보이지 않으며, "나는 자라서 건설 노동자가 되는 게 꿈입니다"라고 말하는 아이들도 없다.

정확한 조사가 필요하겠지만, 아마도 기피 직업의 1~2위를 다투지는 않을까 추측해 본다. 너무 인기가 없다.

건설 노동 왜 이렇게 인기가 없나

왜 이렇게 인기가 없을까. 그건, 물론 건설 노동의 열악한 현실 때문일 것이다. 직업 자체의 문제는 아닐 것이다.

산재 사고 사망의 절반을 건설 노동이 차지하고 있다. 건설 일이란 일단 목숨을 걸고 하는 일이라는 게 지배적인 인식이다.

건설 현장이 위험하기만 한가? 무분별한 중층적 하청구조는 거의 대부분의 건설 노동자를 비정규직 단기 고용 상태로 빠뜨렸다. 어느 사업장이나 정규직이 존재하고, 계절적 사업에 단기 고용이나 파견 근로 등을 사용하긴 하지만, 건설 현장에선 그냥 온통 비정규직이다. 아무리 계절적 사업이고 한시적 사업이라 하더라도, 최소한의 정규 인력은 있어야 한다.

작업할 때마다 새로운 인물들과 새로운 작업을 하다 보니, 팀워크라는 것도 없고 조직적인 질서란 것도 없다. 단가 후려치기와 짧은 건설 공기는 빨리빨리 작업하길 계속 재촉하는데, 복잡한 하청구조로 인해 손발이 제대로 맞지 않는다. 가뜩이나 위험한 현장에 질서도 화합도 없으니 사고가 매번 터져 나오는 것은 어찌 보면 당연한 일. 어쩔 수 없이, 현장소장이라던가 반장 등 완장을 찬 사람의 강력한 지시만이 현장의 질서를 버티는 힘이 된다. 명령과 강제만이 지배하는 직장에서 직원들의 업무 만족도가 좋을 리 없고, 직업적 자긍심이 높아질 이유도 없다.

위험하고 산만하고, 강압적인데다가 기본적인 복지 체계마저 부족하다. 휴게 시설 등은 고사하고 화장실도 제대로 없다. 화장실의 개수는 항상 부족하며, 멀고, 비위생적이며, 남녀의 구분조차 없는 경우가 많다. 기본적인 생리현상조차 해결되지 않으니, 건설 인력의 직업적 자긍심은 떨어지고, 회피할 직업이 되게 만든다. 공급 인력은 점점 더 줄어들고, 결국엔 모두 수입 노동력으로 대체되고 있다. 눈대중으로 볼 때 웬만한 건설 현장에서 이미 절반쯤은 외국인 노동자로 대체된 것으로 보인다.

어쩌면 가장 인기 있어야 할 일터가, 인기가 빵점이 되어 버렸다.

어쩌면 국민 노동이어야 할 건설 노동

비가 오면 쉬는 낭만적인 직업, 한 장소에 얽매이지 않고 세상을 두루두루 구경하며 돌아다닐 수 있는 직업, 가장 단순한 노동에서 가장 복잡한 기술까지 어우려져, 사회 초년생의 아르바이트에서부터 전문 기술직까지 포용하는 직업.

그리해서 건설 노동은 어쩌면 국민 노동이어야 하지 않을까?

청년들에게는 '노동 시장으로의 진입점'으로써 중요한 역할을 해 줄 수 있고, 경기 불안과 구조 조정의 시기에 실업의 완충지대로서 기능할 수 있는 노동. 누구에게나 친근한 생활 친화적 노동. 이것이 건설 노동의 가능성이다.

누구의 집에나 선반 한편에는 안전모와 안전화가 가지런히 놓인, 국민 노동으로 편안하게 받아들여지는 건설 노동. 그런 그림을 상상해 본다. 몇 가지만 의지를 가지고 고쳐 나가면 가능할 것 같은데, 왜 3D니 하며 버려두는 것인지 모르겠다. 건설은 우리 생활의 일부인데 말이지.

　우리 이제 다들 커서 아빠처럼 어른이 되었으니, 우리 집을 내 손으로 지어 보면 어떨까. 문득 알아차리게 되었다. 동요 속의 가사는 '내 집'이 아니라, "우리 집"이었다. 아하.

경계에서

가로 75센티, 세로 240센티.

관을 묻는 구덩이의 크기다. 다른 특별한 크기도 없긴 않겠으나, 글쎄 이곳 공원묘지에서 일하는 동안 다른 사이즈는 보지 못했다. 키나 몸무게, 개성이나 인격, 또는 살아온 과정 같은 건 웬만해선 고려사항이 되지 않는다. 구덩이는 그렇게 친절하지 않다. 죽음이 우리에게 그러하듯이.

가로세로 네 꼭짓점에 기다란 쇠못을 반쯤 꽂는다. 그리고 쇠못의 허리에 하얀색 명주실을 걸어 팽팽하게 당겨 준다. 그러면 사각의 구역이 나온다. 이제 사각의 바깥은 이승이요, 안쪽은 저승이되는 셈이다. 산 자와 죽은 자의 경계는 약간 당황스럽지만 이렇게 간단히 만들어진다.

그렇다고 삶과 죽음의 경계를 나누는 일을 아무나 할 수 있겠나. 가로세로에 못을 치고 명주실을 거는 것이 단순한 업무 같아 보이지만, 이건 오직 공원묘지의 관리소장만이 할 수 있는 일이다.

묘지의 위치를 확인하고, 주변 묘지와의 경계를 판단하여 가장 정확하고 적합한 위치를 선정하는 중요한 일이라 아무에게나 맡기지 않는 것 같다.

공원묘지 관리사무실은 묘지의 입구에 있다. 장례 소식이 전달되면, 거구의 소장이 한참 땀을 흘리며 올라온다. 엄숙한 표정으로 가로세로에 못을 치고 명주실을 감는다. 그리고 작업자들에게 추가로 업무 지시를 하고 땀을 닦아 내며 관리소로 내려간다.

소장의 임무가 이렇게 끝이 나야, 이제 작업자의 시간이 시작되는 것이다.

배우려는 사람은 질문이 적어야 한다

3명의 작업자가 라인을 경계로 직각으로 땅을 파 내려간다. 도구는 오직 삽과 곡괭이뿐이다. 좁은 공원묘지의 특성상 포클레인 등의 장비를 쓰기가 어렵기 때문이다. 포클레인이나 크레인 등의 장비는 도로가 있는 묘지 진입로 주변의 일부 장소에서만 사용할 수 있다.

겉보기엔 같은 풀, 같은 나무, 같은 땅인데 막상 파내기 시작하면 땅속은 각기 다른 개성을 보여 준다. 어떤 곳은 곡괭이도 없이 삽질만으로도 네모반듯한 구덩이를 팔 수 있는 곳이 있다. 반면 어떤 곳은 진흙이 아닌데도 흙에 찰기가 있어 흙을 퍼낸다는 느낌보다는 떼어 낸다는 느낌이 드는 그런 땅이 있기도 하다. 이런 곳에 선 삽질을 한 번 할 때마다 몸이 욱신거린다. 가장 난감한 상황은 역시 땅에서 바위가 나오는 경우다. 바위는 주위를 파낸 후 들어 꺼내는데 아쉽게도 바위에는 손잡이가 없다. 보통 들기 어려운 게 아니다.

한번은 세 사람이 달려들어도 꿈쩍조차 하지 않는 큰 바위가 나오기도 했다. 이럴 땐 바위의 결을 따라 곡괭이로 주변을 파내고 해머로 두드려서 쪼개어야 하는데, 바위의 모서리를 찾아서 적당한 각도로 깨어 내는 게 또 보통 힘든 일이 아니다. 삽질도 제대로 못 하는 나야 애초에 할 수 없는 일이고, 경력 10년 차 작업반장도 힘들어할 때, 허리가 반쯤 굽어진 35년 차의 영감님이 "나온나"라고 한마디 하곤, 혼자서 구덩이에 들어가셨다.

깡마른 몸에 살짝 굽은 등. 검은 얼굴에 매일 같은 술 냄새. 도대체 곡괭이는 제대로 쥘 수 있는 것일까 걱정이 되는 영감님이 바위를 이리로 톡톡톡 저리로 톡톡톡 때리기 시작했다. 다시 이쪽으로 톡톡톡, 저쪽으로 톡톡톡. 그러기를 30분. 그 큰 바위가 쩍 갈라지고 갈라진 바위를 다시 들어낼 크기로 또 톡톡톡 톡톡톡 나누어 버린다. 깜짝 놀랐다. 믿을 수가 없다. 돌멩이의 급소가 눈에 보이는 것일까. 불가능할 것 같은 작업이었는데, 아무 일 아닌 듯 돌멩이가 올라오고, 영감님도 올라온다. 지하 세계에서 올라오는 신선이 아닌가 싶다.

어떻게 하신 겁니까? 묻고 싶지만, 아무 말도 하지 않았다. 반

평생을 해 온 업에 대해서 고작 서너 달 경험을 가진 놈이 알아내 겠다고 함부로 가벼운 입을 놀리는 것만큼 꼴불견이 또 어디 있을 까. 자고로 배우려는 사람은 질문이 적어야 한다. '고생하셨습니 다'라고 인사한 다음, 조용히 나머지 뒷마무리를 하는 것이 배우 는 자의 자세다.

장례 중에 웃음 금지

무덤의 깊이는 그때그때 다르다. 땅의 상태에 따라 또는 묘지의 위치에 따라 달라 보이는데, 어떨 땐 관의 상단에서 무릎 높이 정 도에 지면이 오고 어떨 때는 허리 높이 정도의 높이에 지면이 오 는 것 같다.

상하수도 공사든, 파이프 매설 공사든, 아스팔트 공사든 땅을 파내고 파낸 흙을 다시 그 자리에 넣는 경우는 없다. 도로공사의 경우 파낸 흙의 빈 공간은 상당 부분을 마사토(磨沙土)를 사 와서 채 워 넣어야 한다. 마사토는 풍화작용으로 만들어진 굵은 모래를 말 하는데, 입자가 굵고 배수가 잘될 뿐만 아니라 세균이 거의 없다. 이걸 넣고 다져야 도로나 구조물이 무너지지 않고 견디는 것인데, 가끔 공사하는 업체나 담당이 마사토의 양을 줄여서 넣는다. 공사 끝난 도로가 어느 날 푹 꺼졌다면, 공사에 부정이 섞여 있다고 먼 저 의심해 보면 된다. 공사의 반장, 마사토 업자, 감리(법적 감독자).

이 셋이 우선 피의자다.

어쨌든, 무덤에서도 파낸 흙을 땅에 다시 넣지는 않는다. 무덤 안쪽에 사용되는 흙은 따로 포장되어 준비된 고운 흙을 사용하는데, 별도로 상품으로 판매되는 제품을 구입해서 사용한다. 일하던 공원묘지에서 사용하던 흙의 상품명은 '극락토'였다. 고운 모래 한 부대를 넣어 놓은 것인데 상품명으로 '깨끗한 모래'나 '고운 흙'도 아니고, 극락토라니 살짝 우스꽝스러웠다. 깨끗한 흙 몇 삽 넣어 두고는 너무 과한 이름을 붙인 거 아닌가? 실지로 어느 망인의 하관 중에 처음 포장지의 이름을 보곤 '풉' 하고 웃을 뻔했다.

천붕(天崩).

부모의 죽음은 하늘이 무너진 것 같은 슬픔이라 표현하는데, 하늘이 무너진 고통을 받은 사람들 앞에서 피식 웃다니 이런 몹쓸 짓이 또 어디 있나. 서둘러 정신을 수습한다. 큰일 날 뻔했다.

타인의 노동으로 생을 얻고, 타인의 노동으로 삶을 마무리한다

이렇게 장례가 마무리된다. 요람에서 무덤까지, 인간의 생은 누군가의 노동으로 출발해서 누군가의 노동으로 끝을 맺는다. 우리는 나의 노동으로 나의 인생을 살아간다고 생각하지만, 과연 그럴까? 인간은 타인의 노동으로 생을 얻고, 타인의 노동으로 살아가다가, 타인의 노동으로 생을 마친다. 소중한 이를 소중하게 세상에 소개하는 순간부터, 소중하게 떠나보내는 것까지 타인의 노동을 통해서다. 그렇지 않나? 타인의 노동을 그리고 나의 노동을 소중하고 가치 있게 여겨야 하는 이유도 여기 있다고 생각된다. 노동을 소중하게 여길 때 사람의 인생 또한 소중하게 다루어지게 될 것이므로.

장례는 끝났지만, 아직 할 일은 좀 더 남았다. 봉분(封墳)이란 걸 만들어야 한다. 한국의 묘지 생김새는 매장한 후 동그란 둔덕을 만들어 줘야 완성된다. 우선 돌멩이나 나무뿌리 같은 이물질은 버린다. 파내어 낸 흙 중에 좋은 흙으로는 동그랗게 봉분을 쌓고, 그 위에는 나무나 덩굴로 자라지 않는 짧은 잔디 풀을 심어 주는데, 풀의 씨앗을 심는 것이 아니라 풀과 뿌리를 통째로 다른 곳에서 가져와 봉분에 옮겨 주는 작업을 하게 된다. 뿌리가 달린 풀의 뭉치를 순우리말로 '떼'라고 하고 이런 작업을 '떼를 심는다'라고 한다. 떼를 심고 그 위에 충분한 물을 뿌려 주면 이제 묘지가 완성되는 것이다.

빠뜨린 작업이 하나 있는데, 비석을 옮기는 작업이다. 보통 무덤 앞에 제단을 놓고, 그 옆으로 비석을 세우는데, 이 비석과 제단을 놓는 게 생각 외로 까다로운 일이다.

공원묘지의 내부까지는 차량이 진입하기 어렵다. 다행히 수레는 들어가니 수레에 실어 끌고 가면 되긴 하지만, 수레조차 들어가지 않는 난코스가 꽤 있다. 그럼 수레로 최대한 가까이 옮기고 나머지는 나무 봉에 줄을 매달아 여럿이 들고 옮겨야 하는 것이다. 제법 폼이 나는 비석과 제단들이 보통 100킬로그램이 훌쩍 넘는다. 수레도 못 가는 비탈진 길을 짐 지고 가는 게 어디 쉬운 일이랴. 사극에서 왕비의 꽃가마를 메고 가마꾼이 가듯이, 비석을 줄로 묶고 이를 나무 봉에 메어서 인부 넷이 어깨에 짊어지고 간다. 비스듬하고 울퉁불퉁한 언덕배기를 뒤뚱뒤뚱 걷다 보면 균형이 무너지는 것은 당연한 일. 100킬로그램의 압력이 나무 막대를 타고 어깨를 지나 등과 허리와 무릎으로 전해져 온다. 땀인지 식은땀인지 모를 무언가가 등줄기와 이마를 타고 떨어진다. 아마도 오늘 준비한 저 구덩이에 들어가야 할 건, 나일지도 모르겠다는 생각이 살짝 스친다.

살짝 젖어도 나쁘지 않아

생명을 창조하는 것도 흙과 함께하지만, 생명을 마무리 짓는 것도 흙과 함께라는 건 참으로 신기한 일이다. 흙에서 와서 흙으로 가는 것. 저마다의 인생을 다양하게 살아왔지만, 하나의 결론으로 돌아간다는 단순한 사실.

이곳에서 일을 하다 보면 인생의 본연이 무엇이어야 하는가를 아무래도 조금씩 생각해 보게 된다. 그래서인지 같이 일하는 사람들의 분위기도 여느 직장과는 살짝 다르다. 때때로 인부들끼리 싸움이 있기도 하고 다툼이 생기기도 하지만, 그렇게 크게 문제가 되거나 갈등이 지속되지 않는 것 같았다. 죽음이라는 종착점을 매일 목격하는 사람들에게 사소한 분쟁과 갈등은 그리 중요치 않기 때문이지 않을까 하고 생각해 보기도 했다.

뭐 꼭 그렇지만은 않을 수도 있을 것이다. 35년 일하신 영감님의 매일 같은 알콜릭 상태와 같은 문제는 어찌해도 설명이 되지 않으니깐.

하루는 제초 작업을 하는 중에 소나기가 내렸다. 구름이 비를 뿌리며 산 너머에서 이쪽으로 다가오는 소리가 참으로 시원하기도 했고, 신기하기도 했다. 비구름이 지나는 소리라니. 도시에서 자라 마흔이 가까워지도록 그런 소리를 들어 본 적이 없다. 주변이 온통 무덤이라 바람조차 우울하고 쓸쓸할 것 같지만, 풀벌레와 비와 바람은 인간의 죽음 같은 걸 그리 신경 쓰지 않는 것 같다. 이곳은 다만, 시원하고 경쾌하며 맑은 숲속일 뿐이다.

근데 비는 내리는데 어쩌나. 내려가야 하나? 고민이다. 뭔가 업무 지시가 있어야 할 텐데 알콜릭 영감님이 도통 말이 없다. 풀을 검을 수 없는데 어쩌나 걱정이 되기 시작했다. '검다'라는 말은 알콜릭 영감님께 처음 배운 말인데, 손이나 갈퀴로 풀을 긁어모으는 걸 말한다. 풀이 물을 먹으면 검기가 어려워진다. 무거워지기 때문이다. 비가 오면 풀을 검을 수도 없고, 위험하니 풀을 벨 수도 없다. 뭔가 대책을 세워야 하는데, 어쩌지?

초짜 놈이 그렇게 걱정이 가득할 때 영감님은 누군가의 무덤 제단에 걸터앉아 산 아래 풍경을 구경하기 시작했다. 잠시 스쳐 지나가는 비라면 잠시 쉬면 되고, 종일 내릴 비라면 잠시 기다렸다가 퇴근하면 될 일이다. 그렇다. 결론은 금방 날 문제다. 좀 기다리면 된다. 나도 누군가의 무덤 제단에 앉았다. 제단 한가운데 퍼져 앉기는 아직은 좀 어색해서 살짝 구석 자리로.

인생은 어차피 기다림이다. 기다렸다가 바로 이곳 아래에서 이들과 나란히 눕게 되는 것. 서두를 필요가 없다.

내리는 비야 살짝 젖어도 괜찮다. 떠내려가지 않는다.

양
성
민

시월문학회 동인

노동상담소 등 노동인권 관련 단체에서 10여 년간 근무

조선소, 건설 및 제조업 등 여러 형태의 노동 현장에서 10여 년간 근무

배관기능사. 용접기능사. 특수용접기능사

최근 직업상담사 자격을 취득하였지만, 나이 탓인지 직업상담사로 취업은 연거푸 실패함

수 상   소 감

직장을 자꾸 옮겨 다니니 어머니께서 걱정이 많으십니다. 자식이 안정된 생활을 찾지 못하는 것 같아 늘 안타까우신가 봅니다.

얼마 전에도 어머니께서 물으셨습니다.

"회사를 새로 옮겼다고?"

"네."

"어데서 일하노? 데모하나?"

"아니요. 데모는 무슨, 이번엔 그런 거 안 해요."

"노가다하나?"

"아니요. 좋은 사무실에 책상에서 일해요."

"그러면 데모하나?"

"…."

데모 아니면 노가다. 사실 내 노동 이력이 그러했습니다. 부모님과 형제와 친구들은 나만 보면 언제나 걱정스럽게 바라보곤 했습니다. 데모든 노가다든 한곳에서 꾸준히 잘 해내면 그나마 덜 걱정스러웠을 텐데, 그러지도 못했습니다. 한번은 고용보험 가입 이력을 뽑아 보았는데, 20여 년 동안 다닌 직장이 두 페이지 반에 걸쳐서 빼곡히 기록되어 있었습니다. 문제는 제가 다닌 직장이 영세하여 4대 보험을 가입하지 못한 곳이 더 많다는 것입니다. 매사 불평불만이 많고 싱격이 모가 나서 그런 것인지 태생적으로 게으르고 참을성이 부족해서 그런 것인지 모르겠으나 어쨌든 나의 인생이 뭔가 안정되지 못한 건 사실인 듯합니다.

공모전에 보낸 5편의 짧은 글들은 저의 노동 일기입니다. 지난 시절 저의 노동 부적응기인 동시에 저의 직업 탐험기라고 볼 수도 있겠습니다. "너 요즘 뭐 하고 살고 있냐?"는 친구들의 질문에 대한 대답을 글로 정리하고, 노동의 과정에 대한 설명을 좀 보태고, 주변 세상에 대한 저의 의견을 좀 다듬어 본 내용들입니다. 친구들이 재미있게 읽어 주었으면 좋겠다고 생각했는데, 재미있다고 답해 주어 다행스럽습니다. 무엇보다도 글을 정리하는 과정에서 매일 계속되는 이 고통스러운 출근길은 어떤 의미를 갖는지, 노동과 내 인생의 관계가 무엇인지에 대해 스스로 정리하고 조그만 해답을 하나씩 찾을 수 있어 좋았습니다.

《경향신문》에 당선 공고가 올라오고 지인들의 축하가 이어졌습니다. "양 작가님 축하해요." "등단을 축하드립니다." "이제 작가가 되는 것인가요?" 한편으로는 고맙고 또 한편으로는 당혹스러운 축하였습니다. 등단이라거나 작가라는 말이 나나 내가 보낸 글과 약간 어울리지 않는다는 생각도 한편으로 들었고, 축하 멘트를 하나하나 퍼즐 조각처럼 맞추어 모아 보면 "한국이라는 철저한 신분 계급 사회에서 문학상이라는 소정의 과거 시험을 통과하여 미약하나마 작가라는 신분 상승을 이루어 내었으니 장하다"는 이야기로 해석되기도 해서 약간 뻘쭘했습니다. 물론 저의 지인들 중 어느 누구도 그런 의도로 말한 적이 없고 그런 생각을 가진 사람도 없으리라 생각됩니다. 다만 '의례적인' 축하일 뿐이겠지요. 초상집에 가서 엄숙한 조의를 올리고, 아기 돌잔치에 기쁜 축하를 보내는 것과 같습니다. 개인에게도 카르마가 있듯이 사회에도 카르마가 있는 것이라 봅니다. 다만 사회의 일반적 경향에 따른 의례적 축하 인사였겠지요.

가끔 올림픽 경기를 보면 이런 해외 선수들이 있습니다. '유럽의 어느 중학교 문학 교사 올림픽에 출전하여 동메달 획득', '남미의 한 공장 노동자 올림픽에 출전하여 아쉽게 예선 탈락', 이런 소식을 들을 때마다 그것이 가능한 그 나라의 현실이 무척 부럽게 느껴졌습니다. 일하며 운동하고 그 능력을 테스트해 볼 경쟁에도 한번 나서 볼 수 있는 사회의 공기는 어떤 것일까? 일하는 사람은 일만 하고, 운동하는 사람은 운동만 하고, 글 쓰는 사람은 글만 쓰고. 그러면서 각기의 영역에서 무조건 일등만을 목표로 하는 이 사회와의 차이는 무엇일까? 프로만 존재하고 아마추어는 없는 스포츠의 세계와 작가와 독자의 세계가 철저히 구분된 글쓰기의 세계는 어쩜 같은 모습이 아닐까 하고 생각됩니다. 그런 세계는 참으로 재미가 없는 세계가 아닐까요. 사회 운동가가 글을 쓰는 동안은 작가인 셈입니다. 배관공이나 버튼 맨이 글을 쓰는 동안 그는 작가요, 노동의 현장에선 다시 노동자라 봅니다. 전업으로 그 영역에 매달려 최상의 기량을 보이는 프로의 세계가 있다면, 일상의 공간에서 일상의 이야기를 나누는 풍부한 아마추어의 세계도 있

다고 봅니다. 그것이 서로 공존하는 것이 아름다운 세계일 것이라
생각됩니다.

　응무소주 이생기심(應無所住 而生其心). '마땅히 머무르는 바 없이
그 마음을 내어라.' '그 어느 것에도 얽매이지 말고 홀가분하게 살
라.' '일하되 그 일에 구속되지 말라.'는 뜻으로 금강경의 유명한 한
구절이라 합니다. 노동 활동가, 현장 노동자, 작가가 따로 있는 것
이 아니라고 생각합니다. 노동삼권을 확보하기 위해서 파업투쟁
에 동참할 때 우린 모두 노동 운동가입니다. 배관 업무를 하는 동
안은 배관공이고, 사회운동단체에서 일하게 되면 활동가이며, 글
을 쓰는 동안은 또 그 사람이 바로 작가인 셈입니다. 소소한 자신
의 이야기를 꺼내어 동료들과 교류하고 서로의 생각을 교환하고
소통하는 바로 그 과정이 시(詩)이자 서사이며 사회 고발이자 시대
비평이라고 생각됩니다. 그것은 문학상을 통해 인정받아야만 할
수 있는 것이 아니고, 베스트셀러의 작가가 되어야만 할 수 있는
것은 아니라고 봅니다.

　1,500만 명의 노동자가 1,500만 개의 노동 현실에서 느낀 경험
과 사회에 대한 생각이 있습니다. 100만에 이르는 실업자군에서
도 실업의 이유와 상처, 거기에 대한 생각이 있을 것입니다. 그에
대해 모두가 자신의 노동 일기를, 자신의 사회 비평을, 스스로의
문학작품을 만들어 보는 세상. 그것이 전태일문학상이 추구하는
것이 아닐까 하고 한번 생각해 봅니다.

인생에 대해 돌아보고 삶의 의미에 대해 살펴보는 일에 꼭 대단한 지식이 필요하다고 생각하지 않습니다. 한 사회의 모순과 사회 불평등을 판단하는 데에도 대단한 지식과 정보가 있어야 한다고는 보지 않습니다. 어린아이들은 어린아이 나름의 분석 틀이 있고, 농부와 어부들도 나름대로의 분석 요령이 있어 저마다 이 사회의 문제를 사뭇 정확하게 분석해 낼 수 있습니다. 사회학을 배운 사람들, 경제학을 배운 사람들은 배운 지식에만 기대어 세상을 분석하는 경향이 있다고 봅니다. 그래서 자신이 쌓아 온 그와 같은 정보와 데이터들이 없으면 아마도 세상의 부조리를 깨치지 못했을 것이라고 믿는 것 같습니다. 세상을 해석하는 데 그리 많은 지식이 필요하지 않다는 사실을 모르는 이는 모순적이게도 많이 배운 이들뿐입니다. 지식과 정보와 네트워크의 작용이 없어도, 부조리한 세상을 또는 인생과 행복의 의미를 꿰뚫어 볼 수 있다고 봅니다. 직관의 힘으로, 시대적 감수성으로 그건 가능하다고 봅니다. 우린 그러한 인물을 이미 알고 있습니다. 청년 전태일도 그런 이들 중 하나일 것입니다. 좀 더 많은 사람들이 자신의 판단을 신뢰하고, 그를 통해 자신의 생활을 정리하고 생각을 정돈해 보며, 자신의 글들을 엮어 보는 세상이 되었으면 좋겠습니다. 어떤 장르로 할 것인가 굳이 고민하지 않아도 좋지 않을까요? 시구질이 될 수도 있고, 명언이나 노래 가사가 될 수도 있고, 푸념이 될 수도 있고, 상상과 공상이 될 수도 있을 겁니다. 장르 따위 대학과 같은 곳에서 교수님들이 한 학기 근무시간을 채우기 위해 인위적으로 나누어 놓은 커리큘럼의 제목일 뿐이라 봅니다.

하필이면 올해는 6월부터 8월 말까지 한여름 뙤약볕에 조선소 갑판 위에서 일하게 되었습니다. 여름은 늘 힘겨운 시절이지만 올해 여름은 더욱 힘들었습니다. 코로나19가 재유행하였는데, 코로나19에 걸린 채로 뙤약볕 아래서 일을 하는가 하면, 더위를 먹고 약해진 소화력으로 물회 한 그릇을 먹었다가 일곱 번이나 구토와 설사를 하고 응급실을 찾기도 했습니다. 의사들이 집단 진료 거부 중이라 문 여는 병원도 매우 적었습니다. 고생이 이만저만이 아니었습니다. 그래도 저는 다행이었습니다. 바로 이웃에 있는 선박에서는 61세의 노동자가 의식을 잃고 엔진실에 혼자 누워 있다가 발견되어 병원으로 옮겼지만 사망했다 합니다. 건너편 조선소에서는 한 노동자가 현장 화장실에 앉은 채로 죽어 있었다고 합니다. 무더위에 지친 노동자들이 사라져 가는 의식을 부여잡고 한 명은 엔진실 그늘에서, 한 명은 화장실에 걸터앉아 쉬어 보려다가 끝내 의식을 잃은 것 아닐까 추측해 봅니다. 하지만, 그러한 추측이 입증되지 못했던 것일까요? 찬 바람이 불어오기 시작한 지금까지도 어디 신문 한구석이나 뉴스에도 나오지 않고, 중대 재해로 처벌을 받느니 하는 이야기도 나오지 않았습니다. 뙤약볕을 피하려 그늘 아래 누워 있는 동료들을 볼 때마다, 그리고 현장 화장실에 들어가기 위해 문고리를 돌려야 할 때마다 마음 한곳이 서늘해지곤 했습니다.

전태일 열사의 시대에 비해 분명히 이 땅의 노동조건은 나아진 것이 사실입니다. 그러나 비극의 규모가 달라졌을 뿐 비극의 형태는 아직도 크게 달라지지 않고 있는 것을 어렵지 않게 우리 주변에서 볼 수 있습니다. 전태일 열사의 탄식은 50여 년이 넘은 아직도 유효한 것 같습니다.

하나님, 긍휼과 자비를 베풀어 주시옵소서.

제32회 전태일문학상 심사평

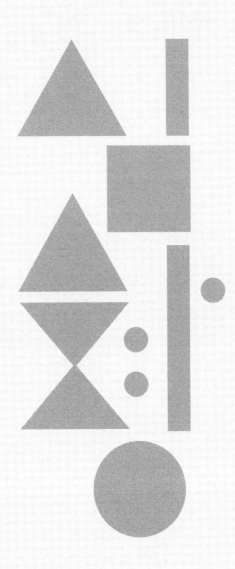

시 부문 심사평

전태일 정신이
생략 없이 이어지기를

올해 시 부문 응모자는 197명, 작품은 총 861편이었다. 심사위원들은 1차 온라인 심사와 2차 현장 심사로 나누어 진행했다. 1차에서 올라온 작품은 열한 분, 총 42편이었다. 2차 심사에서 심사위원들은 42편을 꼼꼼히 읽고 논의하였다.

노동의 조건이 70년대나 80년대보다 나아졌다고는 하나 겉보기에만 그럴 뿐, 이전보다 세련된 방식으로 우리가 깨닫지 못하도록 더욱 촘촘히 나빠지고 있는 것은 아닌가 고민하게끔 한다. 전태일문학상은 이러한 변화하는 세태와 새로운 노동의 위기 앞에서 문학이 읽어 내야 하는 것이 무엇이며 문학이 다가가고 있는 현실은 어떠한지를, 어떤 시인의 목소리가 아직 우리가 감지하지 못한 노동과 현실의 접점을 발견해 내고 있는지에 주목하는 문학상이다. 따라서 심사위원들은 시의 구성과 시 언어의 정련 못지않게 전태일 정신이 시에서 얼마나 생생히 살아 있는가, 그 날 선 인식과 감성에 주안점을 두고 수상작을 선정했음을 밝힌다.

　마지막까지 남은 작품은 「노을이 아름다웠다고 자정에 알았다」 외 2편, 「거룩한 제본가」 외 2편, 「우리도 멀리서 보면」 외 3편, 「언덕을 바라보며」 외 2편이었다. 논의 끝에 「노을이 아름다웠다고 자정에 알았다」를 수상작으로 결정했다. 이 작품은 하루하루 버티는 누군가의 삶을 엿본 것 같은 시였다. 수상작은 하루가 마무리되어야 하는 시간을 빼앗긴 채 노을 보는 것마저 생략하고 늦은 밤까지 일을 연장하며 살아가야 하는 노동자의 고단한 현실이 제목에서부터 응축되어 있다. 다른 응모자들에 비해서 서정적으로 일상을 다루는 감각이 빼어났다. 이는 일상이 노동에 충분히 스며 있음을 포착할 줄 아는 시인의 감각이 돋보이는 지점이었다. 다만 그 외의 투고작들과 완성도의 편차가 심한 편이라 조금 우려의 목소리도 있었음을 밝힌다. 그러나 수상작의 좋음이 투고작 사이의 완성도의 편차를 가능성의 여백으로 읽게 했다.

　수상작은 아니지만 마지막까지 고심했던 작품은 「우리도 멀리서 보면」이었다. 이 시도 의미를 충분히 지니고 있었으나 조금 더 연약한 목소리, 조금 더 섬세한 목소리에 손을 들어줄 수밖에 없었다. 어린 여공들이 처한 부당한 상황을 외면하지 않았던 전태일을 떠올리며 수상작을 선정했다. 수상자께 힘들고 고단한 시대, 함께 헤쳐 나아가는 시를 써 주시길 바란다.

심사위원 : 김복희(시인) · **이동우**(시인) · **이병국**(시인, 평론가)

소설 부문 심사평

당사자성의 미덕을 드러낸 노동 소설

2024년 전태일문학상 소설 부문에는 장편소설 9편, 중편소설 16편, 단편소설 104편으로 다양한 형식과 내용을 갖춘 작품을 응모해 주었다. 전태일문학상의 정신과 그 궤를 같이하는, 한국 사회의 소외된 삶과 노동 현장, 소수자의 목소리를 듣기 위한 귀한 작품들을 보내 주신 모든 응모자 분들에게 우선 감사를 드린다. 전태일 열사의 정신을 기리는 전태일문학상은 작품의 문학성뿐 아니라, 전태일 정신에 대한 문학적인 고민을 작품에 어떻게 담고자 노력했는가를 심사의 주요한 기준으로 잡고 있다. 이러한 기준이 최근 한국문학의 첨단과는 그 결이 다를 수 있겠지만, 전태일문학상의 존재 이유라는 데 심사위원들이 공감하면서 그에 걸맞은 작품을 찾기 위해 노력했다.

올해에 투고된 작품들 대다수가 한국 사회의 그늘을 밝히려고 했던 전태일 정신을 반영하기 위해 노력하였다는 점은 고무적이었다. 이주 노동자나 산업재해, 소수자에 대한 차별, 그리고 그러한 구조화된 폭력 안에서 자신의 생계와 양심의 갈등 사이에 놓인 인물의 내면 등을 섬세하게 그린 작품들이 눈에 띄었다. 그러나 한편으로 지난해 응모작들에 비해서 노동 현장의 상황을 핍진하게 재현하는 작품들의 수가 줄어들었다는 점은 여러모로 아쉬움을 준다. 장편소설 응모작들은 이야기가 너무 넓어지면서 작품의 구심력이 약해져 아쉬움을 주는 경우도 적지 않았다. 장르 소설 등 다양한 시도가 이루어졌지만, 한편으로 노동의 현장성이 아니라 피상적인 의미의 차별과 배제로 사회적 폭력이 단순화되고 있다는 점은 문학이 현장이 아니라 교양으로 물러나고 있음을 방증하는 것이 아닌가 하는 우려 역시 지울 수 없었다. 그런 아쉬움에도 불구하고 올해도 인상적인 작품들을 여럿 발견할 수 있었다는 점에서 심사위원으로서 보람을 느낀다.

최종심에는 총 4편의 소설이 올랐다. 「꽃비 내리는 날」, 「노란 머리」, 「롤러코스터」, 「퀵 실버」 이 4편의 소설은 문학을 통해 현재의 삶을 조명하는 방식과 입각점이 모두 달랐기에 1편의 수상작을 선정하는 일이 쉽지 않았다. 작품마다 각자의 미덕이 뚜렷했기에 심사위원들은 격론을 거쳐 올해의 수상작을 선정해야 했다.

「노란 머리」는 사회적 참사와 소외의 현장마다 나타나는 신비로운 노란 머리의 활동가를 만나게 된 젊은 노동자의 시선을 담고 있는 작품이다. 사회의 문제들로부터 일정한 거리를 두고 자기의 삶에만 집중하려고 했던 젊은 노동자가 활동가와의 관계 속에서 사회적 자아를 확장해 가는 과정을 섬세한 감정 묘사를 통해 그려

낸 것이 장점이었다. 그러나 노동 현장과 운동을 그리고 있으면서도 노동 현실이나 현장성보다는 두 인물 사이의 관계에만 집중하고, 동시에 여성 인물을 과도하게 신비화하는 방식으로 오히려 인물의 주체성을 약화했다는 점이 아쉬움을 남겼다.「롤러코스터」는 두 여성 노동자가 함께 살아가면서 겪게 되는 어려움과 현실의 문제 등을 세밀하게 그리고 있는 소설이다. 한국 사회가 의지하고 있지만 동시에 언제든 배제할 수 있는, 사회적 성원권 없는 이주 여성 노동자와 시민권은 있되 경제적으로는 마찬가지로 위태로운 삶을 벗어날 수 없는 여성 노동자 사이의 관계를 그린 이 소설은 다른 작품에 비해 노동과 사회적 차별을 현장성 있게 그렸던 점이 중요한 성과로 꼽을 수 있을 것이다. 그러나 인물 사이의 관계 설정과 작품 후반부 상황에서 작가의 의도가 너무 부각됨으로써 예측 가능해졌고 작위적으로 느껴졌던 것이 아쉬움으로 남는다.「퀵실버」는 산업재해에서 살아남은 이후 동료를 잃은 죄책감을 신체적 증상을 통해 느끼고 있는 한 남성 노동자의 내밀한 심리를 치밀하게 그린 작품이다. 좋은 문체와 정밀한 소설의 구성, 그리고 능숙한 상징 배치와 인물의 내면 심리의 분열을 복잡하지만 정밀하게 그려 내는 작가의 역량이 훌륭한 소설이었다. 하지만 주변 인물이 소설적 구도에 맞게 기능적으로 활용되었는가 하는 측면과 노동 현장에 대한 핍진함이 부족했다는 점 때문에 심사위원 전원의 동의를 얻지는 못했다.

올해 전태일문학상의 수상작으로 선정된 작품은「꽃비 내리는 날」이다. 사고를 겪은 노년의 여성 노동자를 주인공으로 내세운 이 소설은 형식이나 문체가 세련된 작품은 아니지만, 오히려 바로 그 지점이 주인공의 시선과 감정을 정확히 담아내는 기반이 되었다. 오늘날 노년의 여성 노동이 겪는 사회적 현실을 극도로 현실적이고 핍진하게 그리면서도 이를 단순히 연민이나 염려의 시선으로 바라보는 대신에 당사자의 감각에 충실하면서도 이를 존중할 수 있는 방식으로 그려 냈다. 이를 통해 소설은 노년의 노동 현실을 고발하면서도 한편으로 그 속에서도 밝은 감정을 지켜 내는 주인공의 주체성을 인정할 수 있는 매력적인 서사를 구축했다. 소설의 결말부에서 인물의 감정과 선택을 설득하는 방식은 현실의 씁쓸함을 보여 주면서도, 한편으로 묘한 낙관성을 통해 웃음 짓게 하면서 작은 희망을 품을 수 있게 만들었다. 「꽃비 내리는 날」의 수상을 축하드리며, 앞으로도 좋은 글을 계속 써 주시길 부탁드린다. 상당한 성취에도 아쉽게도 선정되지 못한 응모자들도 더 좋은 작품으로 다시 만나게 될 수 있을 것이라 믿는다.

심사위원 : 김주욱(소설가) · **김유담**(소설가) · **김요섭**(평론가)

르포 부문 심사평

어느 현장 노동자의 자화상

　전태일의 시대가 어땠는지 떠올려 본다. 그 시절 평화시장은 '일터'라고 부르기조차 민망했다. 소년 전태일은 손기술만으로 최하층 노동자 '시다'에서 최고 기술자인 재단사까지 승승장구했다. 그대로 앞만 보며 살았다면 수십 년 후인 오늘날 장인으로 이름을 날렸을지도 모르겠다. 그가 아마 좀 더 계산적이었다면 재봉틀 몇 개 사서 사업체를 차려 큰 부자가 될 수도 있었을 것이다. 하지만 전태일의 시선은 앞이 아니라 옆을 향하고 있었다. 다들 외면했던 어린 여공들이 그곳에 있었다. 환기도 안 되고 허리조차 다 펼 수 없는 '하꼬방'에 옹기종기 앉아 하루 14시간 이상을 일하는 소녀들. 폐병과 디스크를 앓으며 시급 70원을 받아 가는 이들의 삶을 안타깝게 여겼다. 내가 일하는 장소, 내가 소속한 조국, 내가 살아가는 이 땅의 노동이, 법과 인권을 무시한 채로 이루어지고 있다는 것을 받아들일 수 없었다. 혼자서는 현실을 바꿀 수 없음을 알았기에 동지를 모았고, 법조문을 읽기 위해 까막눈에서 탈피하고

자 분투했다. 최후에는 자기의 몸까지 불살라 어딘가 단단히 고장
난 현실을 온 세상에 알린다. 그 삶의 궤적으로 보았을 때 전태일
정신이란, '모든 노동하는 이들이 인간다움을 보장받을 수 있는
세상 만들기'라고 볼 수 있다.

21세기가 되었다. 우리는 전태일 열사가 당시 요구한 조건이 대
부분 이루어진 시대를 살고 있다. 동시에 아직도 전태일 정신이 이
루어지지 않은 사회를 살아가고 있다. 20세기는 법이 안 지켜지는
시대였다. 21세기는 법이 쫓아가지 못하는 시대이다. 1987년 노
동자 대투쟁이 촉발한 노동운동은 노동권을 한껏 끌어올렸다. 그
러나 모든 노동자가 인간다운 삶을 누리게 만들지는 못했다. 노동
운동의 진화보다 한국의 변화가 훨씬 빠르기 때문이다. 현재 대한
민국에는 각종 노동 문제가 쌓여 있다. 언제든 없어질 수 있는 일
자리, 한번 벌어지면 좁히기 어려운 임금 격차, 기존 숙련을 파괴
하며 등장하는 기술들, 기존 노동법을 무력화하는 새로운 형태의
고용까지…. 세상이 복잡해지는 만큼이나 꼬여 가는 노동 문제는
어디서부터 해결책을 찾아야 할까. 다소 진부한 단어이며 심지어
모든 문제를 잘 설명하는 구절도 아니지만, 이럴 때일수록 가장 진
실에 가까운 말을 되새겨 본다. "현장에 답이 있다."

이번 르포(생활글 통합) 부문엔 24편이 들어왔다. 비록 응모 편수
는 적었지만 모두 의미 있는 작품들이었다. 심사위원들은 놓치는

것 없이 최선을 다해 검토했다.

「꿈꾸는 배관공」을 비롯한 양성민 님의 글 5편은 바로 그 현장에 있는 노동자의 소박한 수기이다. 일상에서 에피소드를 포착해 내는 시선이 매우 탁월하고, 무엇보다 재미있었다. 양성민 님의 글은 어떤 부당함을 알리는 목적으로 쓰이지 않았다. 직업과 직장을 계속 옮겨 다닐 수밖에 없는 비정규 육체노동자의 일상을 이야기한다. 새로운 현장을 계속 마주하고 적응해 나가는 이야기는 투박하지만 경쾌하다. 아직 꿈을 가지지 않은 채 일터로 나온 어린 용접공을 보며 '청년들이 일하면서 행복했으면 좋겠다'라는 따뜻한 마음씨를 내비친다. 공장 어디에서든 볼 수 있는 외국인 노동자와의 유쾌한 일화는 이민 갈등이나 지방 소멸을 걱정하는 모습과는 거리가 멀다. 단순노동에서 얻은 통찰을 담담히 이야기하며 내일도 무탈하게 출근할 수 있기를 소망한다. 우리가 살아 견뎌야 할 '너무한 현실'을 어떻게든 선회하며 적응하려고 애쓰는 글들이었다. 그리고 그 모습이야말로 대다수 현장 노동자의 자화상이다. 기존 문단계의 문법을 갖추지 않은 날것의 글, 기존 노동조합의 손길이 닿지 않는 현장 노동자의 생각을 널리 알리며 또한 포용하는 일이야말로 전태일 정신이 한국에 뿌리내릴 수 있는 해답이 되리라 믿으며 해당 작품을 수상작으로 올렸다.

마지막으로 이창용 님의 「한국어 교원 노동조합을 위하여」를 언급하고 싶다. 마지막까지 심사위원들을 괴롭게 했던 작품이었다. '오늘날 우리에게 전태일이 있다면 어디에 있었을까'라는 질문에 일종의 답 같은 글이었다. 대공장이 아니어도 노동하는 모든 사람이라면 누구에게나 노동조합이 필요하다는 것, 그 노동조합을 만들기 위한 시도들이 촘촘히 담겨 있었다. 전태일은 없지만 '전태일 정신'은 살아 있음을 느끼게 한다. 과거와 달라진 노동의 자리 곳곳에서 그 역할들을 어렵지만 묵묵히 해나가고 있는 사람이 삶으로 써 내려간 글이었다.

그 밖에도 선정되지 못한 지원자 여러분의 글을, 무엇보다 삶을 응원한다. 계속 써 주시길 부탁드린다.

심사위원 : 천현우(작가) · 장일호(《시사IN》기자)

제19회 전태일청소년문학상 수상작

문화체육관광부 장관상

권민서(안양예술고등학교 2학년) · 벽 너머의 일 외 2편

권민서

벽 너머의 일

날이 추워서 보일러 온도를 높인다
라면을 끓이려고 냄비에 물을 받는다
가스 불을 틀고 뉴스를 틀자
한겨울 고독사가 점점 늘어나고 있다는 소식

전기장판 위에 누워 긴 잠에 빠졌다는 노인
최초 목격자의 인터뷰를 들으며
나는 가볍게 볼펜을 딸깍거린다
모자이크 처리된 화면이
기자의 곁에서 둥둥 떠다니고
문 앞에 놓인 폐지 한 묶음과
찬장에 들어 있는 라면 두 봉지
클로즈업된다

불어 버린 라면처럼 노인은 쉽게 툭 끊어졌겠지
뜨거운 국물에도 잘 풀어지지 않는
딱딱한 찬밥처럼 방에서 굳어 갔겠지

폐지처럼 쓸모없는 하루를 리어카에 태우고
집에 돌아오면
이젠 목소리도 기억나지 않는 손자 사진에
잠시 행복했을까
머리맡에 펼쳐진 낡은 성경책을 더듬더듬 읽고
하느님께 용서를 구하며 빌었을까
지옥에서 구해 달라고

나는 볼펜을 돌리며
어제 버스 창문 너머로 봤던 한 노인을 생각한다
폐지가 가득 쌓인 리어카를 끌던
그 구부러진 허리를 생각한다

떨어트린 펜을 주우러 허리를 숙인 사이
뉴스는 다음 소식을 전하고
나는 폐지 줍는 노인의 느린 발걸음 대신
노트에 적을 시와
끓는 물에 넣을 면과 수프의 우선순위에 대해 생각한다

조별 과제

새로운 계절이 시작될 때면
이번 계절이 제일, 가장, 역대급이라고
굵은 글씨를 내보이는 것들이 있지

수도관이 얼고 한강이 얼고 바다가 얼고
신발 밑창이 녹고 아스팔트가 녹고
언젠가는 얼음도 얼고 물도 녹는 그런 계절이 올까
그런 계절에도 꽃이 필까

습관처럼 밥 한 숟갈을 남긴다 새 종이로 종이비행기를 접는다
한 번 쓴 비닐봉지를 버린다 빨대를 씹는다 옷장 가득한 옷을 새
로 산다 버스 정류장이 멀어 택시를 탄다 손이 부르틀 때까지 샤
워를 한다

내가 감당해야 할 것들이 너무 많아서
나만 감당하지 않아도 될 것들이 너무 많아서

가끔은 앙상한 갈비뼈 사이사이로 숲이 무너지지만 거북이들
이 해파리를 닮은 것들을 모아 알록달록하게 코를 장식하지만 뿌

연 먼지가 옷 무덤가에 풀풀 날리지만 가끔 코끼리 울음소리가 갈
라진 땅바닥에서 들려오지만

죄책감을 나눌 사람이 너무 많아서
죄책감은 나누면 배가 되고
너무 많은 죄책감은 아무렇지 않은 죄가 되지

납작한 화면 속에서 모이기로 약속한다
각자의 집에서 각자의 콘센트를 꽂고

우리는 죽은 앨버트로스를 동정하는 사람들
투발루의 미래를 미리 두려워하는 사람들
멋진 피피티가 완성되는 동안
모든 벽은 뜨거워지고

발아래에서는 빙하가 녹아 긴다
우리는 빙하를 타고 둥둥
새로운 계절에 도착한다

꿈처럼 달콤한

별빛이 쏟아지는 비닐하우스
그 안에 작은 컨테이너가 나의 보금자리
여름엔 덥고 겨울엔 많이 춥습니다

봄에는 상추밭에 농약을 뿌리고
여름에는 참외밭에서 노랗게 익어 갑니다
커다란 밀짚모자와 목에 두른 수건이
폭염 속 나의 유니폼

장마가 시작되기 전에 참외를 모두 따야 합니다
덩굴 사이에서 황금처럼 빛나는 참외
통증을 견디다 얼굴이 노랗게 질린 엄마가 떠올라요
속이 곯아 버린 참외는 벌레만 꼬인다는데
계속 아프기만 하다는 엄마의 소식은
자꾸만 나를 덩굴 속으로 밀어 넣네요
지금쯤 아빠와 오빠도 어느 절벽에 매달려
석청을 따고 있을까요

방글라데시, 미얀마, 중국
가 보지 못한 나라의 친구들과 참외를 따요
우리는 둘도 없는 친구들입니다
베트남에서 시집온 얀은 아이를 낳지 못해
우는 날이 많아졌고요

흠이 난 참외는 마음껏 먹을 수 있지만
많이 먹으면 배가 아파요
터진 참외 씨앗이 별빛처럼 보였을까요
날아든 날벌레를 손으로 쫓습니다

꿀처럼 달콤한 참외!
상자 안으로 참외가 담깁니다
나도 컨테이너 상자 안으로 들어가
이곳을 떠납니다

제19회 전태일청소년문학상 수상작

전태일재단 이사장상

시 부문 / 진해온(안양예술고등학교 2학년) · 미리 온 눈사람 외 2편

산문 부문 / 홍수현(금옥여자고등학교 3학년) · 분유

독후감 부문 / 이한(나루고등학교 2학년) · 사그라지지 않는 불꽃

진해온

미리 온 눈사람

당신은 그 겨울을
미리 온 사람
작달막한 키와 다부진 팔다리로
온몸으로 피워 낸 불꽃들 훌훌 날려
다 태우고 난 뒤에야

햇빛 가득한 청계천을 간다
이토록이나 쾌적해진 길들을 지나쳐
가장 어두웠던 골목의
안쪽에서 세 번째 맨홀 뚜껑 위에
당신이 서 있다

휘날리던 것들 모두 떨어져
나뒹굴던 짧은 구호는 추억 속에서
하얀 셔츠와 낡은 청바지를 입고
젖은 신발을 신고

더 낮은 곳으로

부서진 『근로기준법』을 꼭꼭 미싱으로 되박아
옆구리에 끼고
등을 구부려 간다

주머니에 넣어 둔 빨간 심장
그건 누군가의 청춘에서 눈물로 떨어져
당신의 발등까지 굴러온 것
불꽃 한 올 일으킬 성냥개비 하나 그 곁에서
나란히 가슴을 콩닥거린다

당신은 태어나기 이전의 이목구비 없는 얼굴로
불꽃을 바라본다

먼지 자욱한 다락방 구석에서 쿨럭이던
쪽잠 자던 어린 누이들에게
포근한 눈송이로 내리려고
피멍 든 숨결마다 달라붙는 실밥 그대로
고단한 꿈길에서 만나

따뜻한 풀빵 하나씩 나누려고

빛으로 가득 찬 세상에서는
가끔은 어둠이 길잡이가 되기도 해서
당신은 아직도 가장 낮은 곳에다
귀를 대고 엿듣는다

가만히 들어 봐
타 버린 등뼈를 펴고 기어이 일어서는 것들
심장 박동 같은 낮은 북소리들

누군가 끝내
이토록 좁고 어두운 통로에다
불 하나 지르고야 마는

당신의 이름은 바보
청계천 피복 노동자
눈 맑은 이 겨울을 미리 온 눈사람

컨베이어벨트 위의 만두들

우리 엄마는 딱 내 나이 때
작은 만두 공장에서 꼬박 10시간을 새벽까지
만두 머리를 잡았다고 해

컨베이어벨트 위에 만두피들 펼쳐지면
만두피 한가운데 만두소 한 덩이씩 놓으면
고사리손으로 꼭꼭 잡아 주어야 한소끔의
둥글고 도톰한 만두들이 태어났대

엄마는 만두 머리를 잡으면서
영어 단어를 외우고 노래를 불렀대
참고서를 사고 등록금을 내고
청바지도 한 벌 사고
할아버지 장갑도 한 켤레 사느라고

평생 먹을 만두를
수십 번도 더 먹어서
평생 만누 먹을 생각 사라졌다지만

공장에서 찍어 낸 만두에도
고기 두부 당면 무말랭이 가득 차서
속 터져 불량해진 만둣국 한 그릇에
배가 든든했다고
엄마는 가끔 시장 골목 가내 수공업 낮은 지붕
만두 공장 그 맛이 그립다고 해

잘 오므려진 완제품들 어디에나 가득하지만
아직 나는 만두 맛을 몰라
짠맛 쓴맛 단맛 떫은맛 밍밍한 맛
온갖 맛들 깃들어서 함께 다져지며
여물어 가는 만두들

인생의 쌉싸름한 맛 처음 맛본 그 겨울에
엄마는 가장 많이 키가 컸대
잠자지 않고도 가장 많이 꿈을 꿨대

너무 흔해진 갑각류들

사막을 횡단하는 그들
태양과 달을 동시에 등에 짊어지지
꽁무니에 목숨 하나씩 매달고서

그들은 갑각류야
끝없이 목마르고
끝없이 허기져서
칼바람을 들이켜는
불면과 불안 따위 스며들 겨를 없이

손바닥에 달라붙은 길잡이의 언어는
몸짓이 먼저 알아채지
발과 다리는 바퀴와 엔진으로
두둥두둥 방향을 타진하면
두 손은 속도의 목덜미를 움켜잡고
돌진할 뿐

어디에서든 어디로든

굉음과 함께 솟아오르다

가끔은 달까지 가고 싶어지지

그건 꼭 동화책 속에만 있는 건 아니니까

바닥을 보이는 게이지들

눈 부릅뜬 것들 모두 소진되어

경계선 밖으로 떠밀리기 전에

한 번이라도 더

좀 더 빨리

하지만 갑각류들

이제는 너무 많지

꽉 채운 이력서와 통행권이 없는 이들

사막 어디에나 모래알처럼 흔해

막다른 길 끝이나

깊은 어둠에 홀로 갇히면

숨조차 쉬어지지 않아

젖은 투구 속에서 숨 하나 꺼내려다 말고
다시 투구를 고쳐 쓰지
부서진 방패를 더듬어
시늉으로 두르고

너무 흔해진 갑각류들
그들만 남겨진 깊은 밤의 사막을
일제히 횡단하지
목숨 하나씩 꽁무니에 매달고

분유

홍수헌

육아 프로그램 속 아이를 품에 안은 여자가 웃었다. 여자가 손으로 모서리를 살짝 누르자 하부장이 부드럽게 열렸다. 여자는 일루마 분유를 꺼내 자동 포트기로 분유를 탔다. 심플한 화이트 컬러 벽지와 고급 그릇이 매립식 조명 빛을 받아 반짝였다. 여자의 품에 안긴 아기는 작은 입을 오물거렸다. 모서리가 뾰족한 대리석 식탁을 쓰는 여자, 풍성한 웨이브와 사랑스러운 잔머리를 가진 여자, 얼룩이 하나도 묻지 않은 레이스 앞치마를 입고 있는 여자. 그러나 그 프레임 속 가장 이질적인 장면은 울지 않는 아기였다. 부엌 한가운데 서서 분유를 섞는 여자의 모습은 여유롭고 우아해 보였다. 여자에게선 분유 냄새가 나지 않을 것 같았다.

나는 휴대전화에서 시선을 거뒀다. 5평 원룸의 전경이 한눈에 들어왔다. 방 한가운데 놓인 매트리스에서 느긋하게 일어났다. 바삐 움직이지 않아도 몇 걸음 만에 부엌에 도착했다. 가스 불을 끄자 바글바글 끓어오르던 냄비 거품이 빠르게 사그라들었다. 어디

선가 고소한 분유 냄새가 나는 것 같았다.

몸을 뒤척이던 이서는 기어이 울음을 터뜨렸다. 저 작은 몸에서 어떻게 이렇게 우렁찬 소리가 나오는 건지 이해할 수 없었다. 그래도 나는 제법 능숙하게 분유를 탔다. 매트리스 옆 박스에서 필요한 물품들을 꺼냈다. 중간중간 이서를 토닥이며 계량을 맞췄다. 분유병을 입에 문 이서는 거품이 사그라든 냄비 같았다. 말똥한 눈으로 나를 바라보았다. 5평 원룸 중앙을 차지한 퀸 사이즈 매트리스는 우리의 생활 공간이었다. 우리는 이곳에서 잠을 자고, 밥을 먹고, 공부했다. 마치 부표에 의지해 망망대해를 표류하는 조난자처럼 나는 매트리스 위에서 하루가 다르게 자라는 이서를 마주했다. 이서를 지탱한 왼쪽 팔이 욱신거렸다. 이서가 칭얼대기 시작했다. 분유는 아직도 50밀리리터 넘게 남아 있었다. 나는 이서의 입에서 분유병을 빼지 않았다. 그러자 이서는 더 크게 칭얼댔다. 다시 울음을 터뜨릴 것 같았다. 이서와의 싸움에서 언제나 지는 쪽은 나였다. 결국, 분유병을 간이책상에 올려놓은 뒤, 이서를 무릎에 앉혀 작은 등을 토닥였다.

양가 부모님의 경제적 지원은 원룸 보증금과 첫 달 월세 지원이 끝이었다. 우리는 직접 돈을 벌어야 했다. 정우는 매일 새벽 5시에 김치 공장으로 출발해 오후 8시에 집으로 돌아왔다. 경험이 없는 미성년자를 정규직으로 받아 주는 곳은 없었다. 여러 번의 구직 실패 끝에 정우 아버지의 친구가 공장장으로 있는 곳에 사정을 말하고 일자리를 얻을 수 있었다. 취직에 성공한 날, 정우는 하나도 기뻐 보이지 않았다. 우리는 약자이기에 약점을 드러내야만 살아남을 수 있었다. 피곤에 찌들어 집에 돌아오는 정우에게 일을 그만두라는 말을 할 수 없었다. 나는 그런 정우를 볼 때마다 집 어딘가에 박혀 있을 검정고시 문제집이 떠올랐다. 이서를 낳은 걸 후회한 적은 없었다. 다만, 지금 내 상황에서 공부는 무리였다.

곧 정우가 퇴근할 시간이었다. 저녁을 차리기 위해 냉장고 문을 열었다. 1인용 냉장고는 우리 집에 몇 안 되는 커다란 가구였다. 이곳에 이사 올 때 골목에서 발견했다. 대형 폐기물 스티커가 붙은 채 버려진 거였지만 정우와 나는 마치 신혼 가구를 둘러보는 사람처럼 눈을 빛내며 냉장고를 끌어안았다. 우리 집에 딱 맞는 냉장고 안은 정우가 공장에서 가져온 김치로 가득했다. 방부제가 들어간 김치는 쉽게 썩지 않았고 냉장고 속에서 꿋꿋이 자리를 지켰다. 나는 김치 한 봉지와 계란 두 알을 꺼냈다. 오늘 저녁 메뉴는 김칫국에 간장계란밥이었다. 김치를 적당한 크기로 썰어 물이 끓는 냄비에 넣었다. 콩나물을 한 줌 넣고, 간장과 김칫국물로 간을 맞춘 뒤 국자로 휘휘 저었다. 냉동실에 소분해 둔 밥을 꺼내 전자레인지에 돌렸다. 밥이 녹는 동안 기름을 적당히 두른 팬에 계란을 2개 깨트렸다. 집에 처음으로 기름 냄새가 퍼졌다. 상이 완성될 때쯤 정우가 문을 열고 들어왔다. 정우는 익숙하게 짐을 내려놓고, 화장실에서 손을 씻은 다음 이서를 안았다. 단출한 저녁 식탁에서 우리 세 가족은 식사를 시작했다. 이서가 태어난 뒤 상상했던 것보다 많은 돈이 들었다. 나는 다른 부분의 소비를 최대한 줄였다. 김치를 뒤

적거리던 정우가 한숨을 쉬었다.

"김 씨 아저씨가 또 나한테만 삼각김밥을 챙겨 줬어. 폐기 가져온 거니까 부담 갖지 않아도 된대. 이제는 그런 것만 봐도 내가 떠오르나 봐."

정우의 이야기는 주로 누군가의 시선과 태도에 대한 것이었다. 공장 사람들은 앳된 정우를 불쌍하게 여기거나 과하게 참견했다. 실수해도 자신을 혼내지 않는 사람들을 정우는 싫어했다. 정우의 등을 천천히 쓰다듬어 주며 보내는 아련한 눈빛은 정우의 심기를 건드렸다. 나는 정우의 푸념을 들을 때 어떤 말도 덧붙일 수 없었다. 그 시선은 나도 잘 아는 것이었다. 교복을 입은 내 배가 육안으로 보기에도 불러왔을 때 나와 가장 친한 친구는 나에게 잘해 줬다. 그 친절이 동정으로부터 비롯되었다는 사실을 알게 됐을 때 나는 자퇴를 선택했다. 그때 코를 찌르는 듯 고소한 냄새가 풍겨왔다. 간장계란밥에서 날 법한 냄새가 아니었다. 나는 정우에게 물었다.

"어디서 고소한 냄새 안 나?"

누런 밥에 김치를 올려 입안 가득 밀어 넣던 정우는 모르겠다며 고개를 저었다.

*

나는 포대기에 이시를 업고 모자를 썼다. 장바구니를 챙겨 집을 나섰다. 현관문에 쪽지 하나가 붙어 있었다. '아기 울음소리가 너무 시끄러워 저녁에 잠들기 힘듭니다. 조용히 해 주세요.' 옆집에서 보낸 짧은 문장에서 짜증과 피로가 몰려왔다. 이번 쪽지가 처음이 아니었다. 쪽지의 내용은 부탁에서 경고가 된 지 오래였다. 난 나름 열심히 아기를 키우는 중인데, 나의 최선과 별개로 메시지의 말투는 점점 차가워졌다. 나는 쪽지를 바지 주머니에 구겨 넣었다. 모자챙을 끝까지 눌러쓰고 마트로 향했다.

앳돼 보이는 여자가 아이를 안고 있으면 참을성 없는 어른들은 꼭 말을 붙였다. 그러나 얼굴을 숨겨도 숨길 수 없는 게 있었다. 버스 카드를 리더기에 대자 청소년 요금제임을 알리는 신호음이 두 번 울렸다. 버스 기사는 나와 이서의 얼굴을 번갈아 보더니 쯧, 하고 혀를 찼다. 노약자석에 앉아 있던 할머니가 나와 이서에게 자리를 양보했다. 나는 고개만 꾸벅 숙이고 자리에 앉았다. 이럴 때는 시키는 대로 하는 게 나았다. 어른들은 집요해서 끝까지 소매를 붙들고 늘어지는 경우가 많았으니까.

마트에 왔지만 볼 게 많지 않았다. 과일 코너를 지나고 육류 코너를 지나 곧장 스틱 분유 코너로 향했다. 저 많은 분유들은 가격도 제각각이었다. 외제 유모차를 끈 엄마들이 산양유 그림이 그려진 분유 앞에 모여 있었다. 그들은 각자의 기준으로 본인과 어울리는 분유를 들고 갔다. 나는 괜히 내 옷차림을 보게 됐다. 목이 늘어난 흰 티가 신경 쓰였다. 분유 코너의 맨 위에는 "아기를 사랑하는 마음을 표현하세요"라는 슬로건이 걸려 있었다. 이 중에 숫자를 기준으로 두는 건 나뿐인 듯했다. 분유에 돈을 얼마나 쓸지 쉽게 정하지 못한 채 분유 코너 앞을 계속해서 맴돌았다. 일주일이면 끝나는 분유 한 통의 값은 2만 원부터 6만 원을 오갔다. 분유 코너에서 시간을 너무 보낸 것인지 잠에서 깬 이서가 칭얼거리기 시작했다. 정면으로 안겨 있는 이서는 내 뒤로 보이는 풍경이 신기한 듯 옹알거리기 시작했다. 과연 마음을 표현하라는 슬로건 아래에서 너는 내게 어떤 말을 전하고 있을까. 재고가 얼마 남지 않은 5만 원짜리 분유 브랜드가 보였다. 나는 그 앞에서 분유의 디자인, 성분, 영양 정보를 훑었다. 이서가 다리를 버둥거렸다. 결국 아래에 있는 다른 분유를 집었다. 산양 분유만큼은 아니지만, 그래도 꽤 이름 있는 브랜드였다. 엄마가 미안해. 나는 이서에게 속삭였다. 이서는 미안하다는 말을 듣고도 뭐가 그리 좋은지 방긋방긋 웃었다. 계산하러 가는 길에 할인하는 라면 두 봉지를 집었다. 이렇게 이번 주 장보기는 끝이 났다.

마트에서 나오는 길, 도로는 어수선했다. 길거리에 교복을 입은 아이들이 많았다. 마트 건너편에 있는 고등학교 학생들이 하교하는 모양이었다. 나는 아는 사람이 있을까 싶어 서둘러 버스를 탔다. 버스에 탄 지 얼마 되지 않아 이서가 울기 시작했다. 가방에서 쪽쪽이를 꺼내 물려 주며 이유를 찾았다. 버스가 너무 덜컹거리나, 아저씨의 통화 소리가 시끄러운가. 아무리 생각해도 아까까지 신나게 옹알이하던 이서가 지금 갑자기 우는 이유를 파악할 수 없었다. 이서의 작은 얼굴이 토마토처럼 빨개질수록 사람들의 시선이 우리에게 쏠렸다. 아이의 등을 토닥여 보아도 두 주먹을 불끈 쥔 이서의 의지를 꺾을 수 없었다. 결국 나는 다음 정류장에서 급히 내렸다. 버스 정류장 의자에 앉아 이서를 안고 흔들며 울음을 달랬다. 그때 분유 가방에 담아 온 분유병이 보였다. 시간에 맞춰 먹이려 가루만 담아 온 분유병이었다. 아, 이걸 까먹었구나. 나는 급하게 보온병을 꺼내 따뜻한 물과 분유를 섞어 준비했다. 김이 나는 물이 조금 뜨거운가 싶었으나, 이서의 얼굴이 점점 보랏빛으로 바뀌고 있었기에 나는 빠르게 분유병을 흔들었다. 뚜껑을 열었다. 펑, 하는 소리와 함께 분유가 내 몸 쪽으로 솟구쳤다. 그다음 프스스 바람 빠지는 소리가 들렸다. 버스 정류장 한가운데서 분유를 뒤집어쓴 나는 얼굴이 붉어졌다. 이서는 내 모습이 웃긴지 울음을 멈추고 웃음을 터뜨렸다. 이서의 웃음소리가 높아질수록 내 얼굴도 빨갛게 물들었다. 옷깃을 잡아당겨 냄새를 맡았다. 내 몸 전체에서 분유 냄새가 나는 것 같았다. 모자를 더 눌러썼다.

집에 도착하자 힘이 다 빠졌다. 분유를 뒤집어쓴 몸은 찝찝했다. 옷을 갈아입고 짐을 정리했다. 외출이 피곤했는지 이서는 어느새 곤히 잠들었다. 나는 검정고시 문제집을 펼쳤다. 이번 단원 개념이론은 벤담의 공리주의였다.

공리주의는 효용 · 행복 등의 쾌락에 최대 가치를 두는 철학 사상이다. 벤담은 쾌락을 추구하고 고통을 피하려는 것이 인간의 자연성이라고 여겼다. 그는 '최대 다수의 최대 행복'을 도덕 원리로 제시했다.

최대 다수의 최대 행복이라는 말을 눈으로 여러 번 다시 읽었다. 나와 정우는 다수에 속하는 경우가 별로 없었다. 그렇지만 우리는 불행하지 않았다. 가끔 울적한 기분이 드는 것은 우리를 판단하는 제3의 시선이 개입할 때였다. 그들은 멋대로 우리 가족의 행복을 앗아 갔다.

날카로운 울음소리에 눈을 떴다. 나도 모르게 잠든 모양이었다. 이서의 몸이 불덩이처럼 뜨거웠다. 작은 이마에 핏줄이 솟았다. 그리고 핏줄을 타고 붉은 반점들이 퍼져 있었다. 나는 서둘러 손수건에 물을 적셔 이서의 얼굴과 몸을 닦았다. 열은 쉽게 떨어지지 않았다. 고통에 일그러진 얼굴을 보자 눈물이 날 것 같았다. 금세 미지근해진 손수건에 다시 물을 묻히려는데 초인종이 울렸다. 나는 아기와 문을 번갈아 보다 이서를 품에 안고 현관문으로 향했다. 이마를 짚고 있는 중년 여자가 보였다.

"조용히 좀 해 달라는데 도대체 이게 몇 번째예요?"

여자는 나를 보자마자 화를 냈다. 내가 고개 숙여 사과하는 중에도 이서는 울음을 그치지 않았다. 그제야 나와 이서를 자세히 본 여자의 표정이 달라졌다. 목소리를 가다듬은 여자는 얼굴의 화를 식힌 뒤 날 찾아온 까닭을 이야기했다. 그러나 그 말들은 내 귀에 제대로 들어오지 않았다. 내 모든 신경은 이서에게 집중되어 있었다. 가끔 감당하기 어려운 일이 생기면 손바닥에서 땀이 났다. 내 손을 잡고 부모님께 임신 소식을 고백하는 정우의 손을 놓칠 뻔했다. 나는 이서를 떨어뜨리는 일이 생길까 봐 더 힘을 주어 이서를 잡았다. 그럴수록 이서는 더 크게 울었다. 나는 쉽게 고개를 들 수 없었다. 나를 측은하게 내려다볼 검은 눈동자를 마주할 자신이 없었다.

"아기 얼굴에 열꽃이 폈네. 일단 손에 힘 좀 빼요."

여자가 뱉은 말은 의외였다. 여자의 눈은 무신경하지만 나를 분명히 바라봐 주고 있었다. 그 단단한 표정에 나도 모르게 눈물이 흘렀다.

"저 좀 도와주세요."

순간 내 입에서 나온 소리에 놀랐다. 여자는 알겠다며 집으로 들어와 이서의 상태를 살폈다. 계속 뒤에서 물수건을 들고 움직이는 나에게 물수건보다 해열제를 가져오라 했다. 그러나 우리 집엔 해열제를 포함해 제대로 된 약이 없었다. 해열제가 없다는 말에 여자는 이서가 덮고 있던 이불을 걷고, 본인의 집으로 달려갔다. 나는 매트리스에 쭈그려 앉아 이서의 이마를 닦아 주었다. 여자가 가져온 해열제는 효과가 좋았다. 분유까지 먹은 아기는 간신히 잠이 들었다. 아기의 몸에서 코를 찌르는 분유 냄새가 났다.

"점심은 먹었어요?"

나는 고개를 저었다. 오늘 한 끼도 못 먹었다는 사실을 떠올리자 그제야 허기가 몰려왔다. 여자는 잠깐만 있어 보라며 집을 나섰다. 얼마 지나지 않아 현관문을 두드리는 소리가 들렸다. 반찬통을 든 여자가 서 있었다. 여자는 자연스럽게 내게 저녁밥을 차려 줬다. 미역줄기볶음과 깻잎장아찌 그리고 두부부침. 상에 반찬이

3개 이상 올라간 건 임신했을 때 이후로 처음이었다. 짭짤한 깻잎
장아찌 향에 허기가 몰려왔다. 오랜만에 먹어 보는 흰밥과 여러 반
찬이 반가웠다. 나는 밥을 먹으면서도 몇 번이고 이서를 살폈다.
이서는 아기 체육관에 달린 나비를 만지고 싶은지 허공에 손을 휘
저었다. 내가 밥을 먹는 동안 여자는 바닥에 널려 있는 것들을 정
돈해 주었다. 분명 아까 청소했는데 집은 금세 어질러져 있었다.

"검정고시 준비하나 봐요?"

숨기려던 것도 아닌데 들킨 기분이었다. 나는 조용히 네,라고
답하곤 다시 입에 밥을 쑤셔 넣었다. 이렇게 여유롭고 배부른 식사
가 너무 오랜만이었다.

"아기 키우며 고생이네요."

"아무래도 힘들겠죠? 아기 키우면서 공부까지 하는 건."

내 말에 일반 쓰레기봉투 입구를 묶던 여자가 말했다.

"뭐 어때요, 하고 싶으면 하는 거지."

"하고 싶어도 상황이 안 되면 못하는 거잖아요."

너무 쉽게 답하는 모습에 난 억울한 마음이 들었다.

"그래도 놓지는 말아야죠, 진심으로 원하는 거면."

한동안 침묵이 이어졌다. 여자의 눈이 슬퍼 보였다. 우리는 조
용히 각자 청소를 하고 밥을 먹었다.

밥을 다 먹고 정우의 저녁상을 차리려는데 현관 비밀번호를 누
르는 소리가 들렸다. 곧이어 문이 열렸고 정우가 들어왔다. 정우는
이서를 안고 있는 여자와 싱크대 앞에 서 있는 나를 번갈아 보더

니 표정을 구겼다.

"누구세요?"

쪼아대듯 말하는 정우에게 나는 급히 답했다.

"아까 이서 아팠는데 아주머니가 도와주셨어. 반찬도 주셨는데 배고프지? 얼른 와서 먹어."

정우는 아주머니와 아기를 뚫어져라 보았다.

"저희끼리 알아서 잘 살아요."

정우의 목소리가 떨리고 있었다. 정우는 말을 이어 가는 대신 주먹을 꼭 쥐었다. 매트리스 앞에 서서 지켜보던 아주머니는 우리의 이런 모습을 보곤 얼마 안 있어 일어났다. 아주머니는 반찬통은 나중에 가져다 달라고 했다. 집이 조용해지자 정우는 자리에 앉아 평소보다 늦은 저녁밥을 먹었다. 눈시울이 붉어진 정우가 신경 쓰였다. 정우의 배에서 꼬르륵 소리가 났다. 정우는 아주머니의 반찬엔 손도 대지 않고 김치만 깨작거렸다. 정우에게 상처를 준 것 같았다. 나는 정우가 밥을 다 먹을 때까지 앞에 함께 앉아 있다가 분유병을 마저 세척했다. 분유병을 열자 케케묵은 향이 났다.

정우는 밥을 먹은 뒤 곧장 잠들었다. 나는 정우의 발끝에 있는 검정고시 문제집을 빤히 바라봤다. 문제집을 조금이라도 풀다 잘까 고민했다. 그러나 내 컨디션은 이서의 건강에도 영향을 미쳤기에 잠을 택했다. 방 한가운데 놓인 침대에 누웠다. 정우의 코 고는 소리와 이서의 숨소리가 들렸다. 망망대해에서 난파선 조각을 붙들고 생존하는 조난자가 된 기분이었다. 우리는 이 부표가 어디를 향해 가는지 알 수 없었다. 조난당한 사람이 방향감각을 상실하면 그 순간부터 현실을 잊게 된다는데… 잠이 오지 않는데 억지로 눈을 감았다.

마트에서 시금치 두 단과 계란 한 판을 사 왔다. 시금치나물과 계란장조림을 만들어 옆집 아주머니께 드릴 생각이었다. 냄비가 하나뿐이라 시금치를 먼저 데친 뒤, 계란을 삶았다. 시금치에 다진 마늘과 간장, 굵은 소금, 참기름을 넣고 버무렸다. 반찬통에 옮겨 담았다. 위에 통깨를 뿌리고 싶었지만, 우리 집에는 그런 게 없었다. 잘 익은 계란은 껍질을 까기 쉽게 찬물에 넣었다. 요리하다 이따금 뒤를 돌아 이서가 무얼 하나 확인했다. 다행히 이서는 보채지도 않고 아기 체육관에서 잘 놀았다. 팔다리를 허공에 휘저으며 가끔씩 아으으 하고 울었다. 반찬들을 모두 한 김 식히자 시간이 꽤 흘렀다. 분유를 먹은 이서는 배가 부른지 침을 흘리며 자고 있었다. 나는 천사 같은 아이의 이마를 쓸어 넘겼다.

해가 질 때쯤 초인종이 울렸다. 옆집 아주머니였다. 아주머니는 해열제와 비타민을 건넸다. 이런 거 집에 두는 게 좋다며 아기가 혹시 아플까 주는 것이니 너무 신경 쓰지 말라고 했다.

"저… 맛은 장담 못 해요."

내가 쭈뼛거리며 반찬이 담긴 통을 건넸다.

"밀 이런걸. 고사리손으로 야무지게 만들었네요."

아주머니는 활짝 웃으며 기쁘게 반찬을 받았다. 아주머니의 등 뒤로 해가 넘어가고 있었다. 금빛 노을을 받아 아주머니의 머리칼이 붉은빛으로 빛났다. 처음으로 대가 없는 호의가 아닌 이웃끼리의 정이 오갔다. 아주머니는 가끔 자신이 아기를 봐줄 수 있다고 말했다. 딸 같아서 그렇다는 아주머니의 말이 썩 나쁘게 들리지 않아 고개를 끄덕였다.

집에 돌아온 정우의 얼굴에는 오늘도 피곤이 역력했다. 습관처럼 짐을 놓고 손을 씻고, 이서를 안았다. 나는 상에 김치를 포함해 아주머니의 반찬과 내가 한 반찬을 놓았다. 정우는 밥과 반찬을 골고루 집어 먹었다.

"맛있다. 오랜만에 끼니를 때우는 게 아니라, 제대로 채우는 기분이야."

정우의 말에 나는 고개를 끄덕였다. 우리는 각각 한 그릇씩 밥공기를 비웠다. 나는 식사를 마친 정우에게 비타민을 건넸다. 아주머니가 줬다는 말을 뺐다. 그러나 정우는 이미 눈치를 챈 듯했다. 정우는 비타민을 받아 물과 함께 삼켰다. 알약 형태 비타민은 물과 섞이자 빠르게 녹았다. 입안에 새콤한 맛이 퍼졌다.

아주머니는 내가 만든 반찬을 잘 먹었다며 새로 볶은 진미채와 해바라기씨를 들고 우리 집 문을 두드렸다. 몇 번의 왕래 끝에 이서도 아주머니를 경계하지 않았다. 정우는 별다른 말을 하지 않았지만, 내가 내오는 반찬을 꼬박꼬박 먹었다. 가끔 공장 일에 지쳐 보일 때면 비타민을 건넸다. 정우는 물과 약을 한 번에 삼켰다. 낮 시간대에 이서와 아주머니가 함께 놀고 있는 모습은 제법 익숙한 풍경이 되었다. 나는 아주머니를 통해 집안일과 아이를 돌보는 법을 배웠고, 아주머니가 이서를 돌보지 않는 날에도 일을 마치고 잠깐씩 문제집을 열어 볼 수 있었다.

"아주머니는 자식은 몇 살쯤 돼요?"

"난 자식이 없어요."

나는 펜을 내려놓고 아주머니를 바라보았다. 당연하게 딸이 있을 거라고 생각했다. 이서는 물론이고 나를 대하는 것에도 익숙했으니까. 적어도 대학생은 됐을 법한 아주머니 자식의 이야기가 궁금했을 뿐이다. 아주머니는 수건을 개며 말을 이었다. 태어날 뻔했던 자신의 아이에 대해, 일찍 사별한 남편에 대해. 아주머니는 한때 아파트 단지에서 개인 어린이집을 운영한 적 있다고 했다. 내 배가 불러올수록 집 안에 가득한 장난감을 내 아이가 당연히 쥐고 노는 상상을 했지. 아주머니는 차곡차곡 쌓아 올린 수건처럼 오래된 기억들을 천천히 꺼내 놓았다. 나는 아주머니가 아이 돌보는 데 능숙한 까닭과 집에 좀처럼 손님이 오지 않는 이유를 알게 되었다.

"어떤 기억은 시간이 지나도 흐려지지 않고 끈질기게 따라붙지만, 나를 가장 힘들게 한 건 사람들의 시선이었어. 이 나이 먹고 원룸에서 혼자 사는 여자를 대다수의 사람들은 불쌍하다고 생각하거든."

나는 아주머니가 들고 있던 빨래를 나눠 들었다. 잘 마른 수건에 가려져 있던 아주머니의 눈이 보였다.

"우린 닮은 점이 많네요."

우린 전혀 다른 싱처를 통해 비슷한 얼굴을 하게 된 사람들이었다. 아주머니가 미소를 지었다. 시간이 지나면 나와 정우도 아주머니 같은 미소를 지닌 어른이 될까? 나도 그녀를 따라 부드럽게 입꼬리를 올렸다.

*

우리 집은 아침부터 분주했다. 오늘은 이서가 태어난 지 백일이 되는 날이었다. 공간 대부분을 차지하던 매트리스를 벽 한쪽에 세워 두고 원룸 중앙에 접이식 테이블을 펼쳤다. 정우는 얼굴이 빨개지도록 풍선을 불었다. 어제 정우가 사 온 분홍색 원피스는 이서에게 잘 어울렸다. 아주머니가 나에게 작은 상자를 하나 내밀었다. 리본으로 예쁘게 포장된 상자를 열었다. 그 안에는 작은 신발이 한 켤레 들어 있었다. 한 뼘도 안 되는 신발에 리본과 큐빅 장식이 붙어 있었다. 분홍색 원피스와 맞춘 듯이 어울리는 하얀 신발이었다. 신발은 이서의 발에 꼭 맞았다. 이서는 자신을 위해 모두가 분주한 걸 아는지 얌전하게 자리를 지켰다. 나는 오색 꿀떡을 접시 위에 공들여 쌓았다.

"지금이에요, 가족사진 예쁘게 찍을 타이밍. 아기가 자연스럽게 웃어 주는 것만큼 사진이 잘 나오는 순간도 없다고요."

아주머니는 백일 상차림이 끝나자마자 나와 정우를 프레임에 밀어 넣었다. 이서가 햇살처럼 웃었다. 정우는 어색한지 뒤통수를 긁었다. 몇 번의 셔터 소리가 이어졌다. 나는 이 프레임 안에 아주머니도 함께하고 싶다는 생각이 들었다. 서랍 안에 묵혀 두었던 셀카봉을 꺼내 바닥에 설치했다.

"빨리 들어오세요! 같이 사진 찍어야죠."

정우의 입에서 튀어나온 말에 깜짝 놀라 정우를 바라보았다. 시간은 정직하게 흐른다. 사진은 가장 자연스러운 장면을 담는다. 우리가 지금 행복하다는 사실이 기록된다. 저 작은 아이 한 명이 많은 걸 바꿔 놓았다는 생각에 나도 모르게 미소를 지었다.

사그라지지 않는 불꽃

이 한

갈색 바바리코트를 입고 계단에 앉아 있는 전태일의 뒷모습이 보인다. 그는 기름통 옆에 있던, 한 손에 다 들어오는 은색 듀퐁 라이터를 잡는다. 오른손으로 라이터를 잡은 뒤, 엄지로 라이터를 열어 불을 켠다. 작은 라이터가 내고 있는 불꽃을 전태일은 한참을 바라본다.

타오르는 작은 불꽃 앞에서 그는 어떤 생각이 들었을까. 『근로기준법』과 자신의 몸에 불이 붙을 상황이 두렵지 않았을까. 왜 자기가 희생해야 할까,라는 생각이 들지는 않았을까.

오늘 나는 전태일의 일대기를 다룬 영화 〈태일이〉를 봤다. 한창 청춘을 즐겨야 할 나이인 스물두 살. 그는 노동자가 그저 소모품으로만 이용되고 버려지는 현실을 바로잡기 위해 부단히 애썼다. 전태일은 『근로기준법』에 적힌 법을 활용해 노동 환경을 바꾸려고 했다. 하지만 현실은 변함이 없었다. 전태일이 아무리 노력해도 열악한 환경과, 하루 16시간의 노동 강도와 하루 100원이 안 되는 급료는 달라지지 않았다. 나는 영화를 보면서 암담하단 생각밖에 들지 않았다. 동료 재단사가 섬유 먼지를 마셔 결핵에 걸렸지만, 공장주의 무관심한 태도를 보이는 장면에 기가 찼다. 이를 계기로 전태일은 평화시장의 노동 실태 조사를 했다. 그는 조사한 것들을 바탕으로 노동청에 진정서를 내러 갔다. 하지만 이마저 노동청에 묵살 당한 전태일의 모습이 안타까웠다. 나는 그 시대를 직접 경험해 보지 않았다. 하지만 영화를 보는 내내 나는 이제껏 경험해 보지 못했던 슬픔과 분노를 느꼈다.

영화를 본 그날 저녁, 나는 제일 친한 친구에게 연락했다. 친구의 아버지는 택시 기사로 일하고 있었다. 나는 친구에게 무작정 세상은 예전하고 크게 달라진 게 없는 거 같다, 하고 말했다. 친구가 무슨 일 있냐고 묻자, 나는 오늘 본 영화 〈태일이〉에 대해서 말해 주었다. 친구는 내게 〈태일이〉와 비슷한 분신 사건이 있었다며 내게 뉴스 기사 하나를 보내 주었다.

"아버지는 이미 있는 법을 지켜달라고 마지막까지 외치며 돌아가셨는데 이젠 있는 법마저 무력화하겠다는 게 말이 되나요."
지난해 10월 택시 노동자들의 완전월급제 시행 등을 요구하며 분신해 숨진 택시기사 고 방영환씨의 딸 방희원씨(31)는 최근 국회에서 택시발전법 개정안이 발의됐다는 소식을 듣고 분노와 박탈감을 느꼈다고 했다. 아버지가 택시기사로 안정적으로 일하기 위해 염원했던 월급제법이 그 취지와 달리 개정될 상황에 놓였기 때문이다.

방씨는 17일 기자와 통화하면서 "노동자를 위한 법안이 개정돼도 부족한데 사업주에게만 유리하게 법안이 바뀌고 있다"며 "결국 아빠 같은 사람이 또 나오고, 돌아가신 아빠의 뜻은 끝내 이뤄지지 못하고 염원으로만 남게 될까 속상하다"고 말했다.

이날 '방영환 열사 대책위원회'와 공공운수노조는 서울 영등포구 여의도 국회 앞에서 기자회견을 열고 "수십년 만에 노·사·민·정 대타협으로 통과된 택시월급제가 제대로 시행도 못 해보고 사실상 폐기될 위험에 처했다"며 택시발전법 개정안 철회를 촉구했다.

이들은 모두 김정재 국민의힘 의원이 지난 5일 발의한 택시발전법 개정안이 법안 취지를 무력화한다고 입을 모았다. 개정안은 택시 노동자의 소정근로시간을 '주 40시간 이상'으로 하도록 정한 제11조의2에 '근로자 대표가 합의한 경우에는 소정근로시간을 달리 정할 수 있다'는 단서를 추가하는 내용을 담았다.

이재근 노동당 대표는 "방 열사 등 노동자들이 택시월급제라는 최소한의 법이라도 지키라고 주장하자 택시 사업주들은 정당한 투쟁도 폭행과 왕따로 가로막아왔다"라며 "정치인들은 택시 사업주들의 불법행위를 방관해 왔음에도 반성은커녕 택시월급제에 단서 조항을 달아서 사실상 무력화하려 한다"고 말했다.

이삼형 공공운수노조 택시지부 정책위원장은 "택시 사업주에게 소정근로시간을 맡기면 안 된다는 문제의식으로 애초 국회에서 월급제 법안을 만들었던 것"이라며 "단서 조항 같은 문제 때문에 이 법을 만들었는데 다시 단서 조항을 달아 개정하면 이 법은 있으나 마나 한 법이

돼 택시 노동 현장이 30년 전으로 후퇴할 수밖에 없다"고 말했다.
(「"아버지가 왜 돌아가셨나" 분신 택시노동자 유족, 택시월급제법 꼼수 개정
반발」,《경향신문》2024년 7월 17일 자.)

불과 한 달 전쯤 있었던 일이다. 위 기사에서는 "이미 있는 법을
지켜달라"라고 나온다. 전태일도『근로기준법』에 적혀 있는, 이미
있는 법을 준수하라고 외치며 분신했다. 기사를 읽으며 나와 친구
는 친구 아버지의 걱정과, 이미 존재하는 법을 지키지 않는다는 현
실에 분노했다. 법을 지키지 않으면 무슨 소용인가. 법이 지켜지지
않는 곳은 무법지대라고 생각한다. 전태일이 일했던 평화시장도
마찬가지다. 과도하게 일을 시키면서 추가 수당은 주지 않는다. 미
성년자들은 정해진 시간까지 일을 해야 했지만, 지켜지지 않았다.
위 기사에 나오는 택시 기사 방 열사가 자신의 몸에 불을 지르기
전에 무슨 생각이 들었을지 나는 알 수 없다. 전태일도 마찬가지
다. 내가 이들의 생각을 제대로 알 순 없지만, 감히 추측해 볼 수는
있다. 이들은 자신의 한 몸을 바쳐 그저 다른 사람들이 더 편하고
고통받지 않는 노동 환경을 원했을 것이다. 자신들의 가족들이, 친
구들이, 후배들이 열악한 환경 때문에 고통받지 않는 세상. 단지
그 이유라고 나는 생각해 본다.
　영화 러닝타임 중, 전태일이 평화시장의 시다들에게 음식을 나
눠 주거나, 눈이 내리는 날 옥상에서 시간을 보내는 장면이 나온
다. 이 소녀들은 전태일의 동생들과 비슷한 또래이다. 평화시장에

서 잠까지 줄여 가며, 일을 끝마치기 위해 애쓰는 모습이 얼마나 안타까웠을까. 답답한 마음이 들었을까.

나 또한 얼마 전 킥복싱 협회에서 열리는 대회에 아르바이트를 하러 간 적이 있다. 관객들을 위한 의자를 깔고, 대회에 참가한 선수들에게 글러브, 몸통 보호구 등을 나눠 주는 일이었다. 처음에는 이런 일이 얼마나 어렵겠어, 하고 무작정 친구들과 아르바이트를 하러 갔다. 하지만 일이 생각처럼 쉽지 않았다. 글러브와 몸통 보호구를 나눠 줄 때, 협회에서 준 종이에 이름과 어느 체육관에서 대회를 나왔는지 다 적어야 했다. 하지만 사람들은 기다려 달라는 우리의 말은 듣지도 않은 채 물건을 가져갔다. 곧 다음 차례에 경기에 나가야 하는 사람들은 미리 가져간 사람들 때문에 물품을 받지 못하기도 했다. 물품을 받지 못한 사람들은 우리에게 불만을 표출했다. 그렇게 서서히 머리가 아파 오는 도중 옆 테이블에서 고함 소리가 들렸다. 협회 사람이 어린 학생에게 욕을 하며 화를 내고 있었다. 자세히 보니 그 학생은 여기에 일하러 온 아르바이트생이었고, 내 동생 또래쯤 돼 보였다. 몇십 분 뒤, 그 학생은 40개가량의 의자를 혼자 묵묵히 옮기고 있었다.

전태일이라면, 바로 다가가 그 학생의 의자를 같이 들어 주었을 것이다. 그때 아무것도 하지 않고 어린 학생을 바라보기만 한 내가 참 한심하게 여겨졌다. 그 학생 역시 누군가의 동생일 수도 있다. 과연 세상에 어느 형제자매가 자기 동생이 욕을 듣고, 땀을 뻘뻘 흘려 가며 일하는 것을 보고 싶을까. 나라도 내 동생이 그렇게 일

하는 건 싫다. 전태일도 마찬가지였을 거다. 평화시장에서 고생하
는 시다들을 보면 동생들이 떠올라 시다들이 힘들어하는 모습을
보고 싶지 않았을 것이다. 전태일처럼 선한 마음을 가지지 못한 내
가 다시 한번 전태일의 마음을 지레짐작해 본다.

> 노동자의 죽음은 이름이 없다. 그러나 전태일의 경우는 달랐다.
> 그는 초등학교도 제대로 다니지 못하였고, 평생을 주린 창자가 차도
> 록 밥 한 끼 포식해본 일이 드물었으며, 죽을 때까지도 무허가 판자촌
> 에서 살았지만, 비록 그는 아무도 알아주지 아니하고 누구에게도 존
> 경을 받아보지 못하고 이름 없이 살아온 핫빠리 인생이었지만, "내 죽
> 음을 헛되이 말라!"고 외치며 죽어간 그의 죽음만은 세상에 알려졌
> 고, 세상에 충격을 주었고, 마침내 얼음처럼 굳고 차디찬 현실을 뚫는
> 불꽃이 되어 하나의 사건으로, 역사적인 사건으로 기록되게 되었다.
> 그의 죽음이 세상에 던진 충격, 그의 죽음이 우리 민중의 역사에 끼친
> 영향은 오늘 이 시점까지도 충분히 측량할 수가 없다.
> 『전태일평전』(조영래, 아름다운전태일, 2020) 345~346쪽.

　　나는 소설가의 꿈을 가지고 있다. 이때까지 나는 사람들이 감동
을 느끼는, 읽을 때 즐거워하는 소설만 쓰고 싶다고 생각하며 소설
을 써 왔다. 또한 그간의 소설은 내게 이상 속 이야기와 아름답게
꾸며 낸 이야기만 보여 주었다. 반면 영화 〈태일이〉와 『전태일평
전』은 나를 이상의 강이 아닌, 더 넓은 현실의 바다를 볼 수 있게

해 주었다. 나는 젊었던 청년이 몸 하나를 불사르며 데모를 해야 했던 이 현실이 가엾으며 참혹했다. 영화와 책을 읽을 때, 노동하는 아버지가 있는 친구에게 연락할 때도 나의 가슴은 누군가가 올라타 누른 듯 답답했다. 작은 힘밖에 없는 내가 지금 할 수 있는 건 거의 없다. 또한 쉽게 바뀌지 않는 이 현실이 너무나 비참했다. 내 주변 사람들은 노동 환경에 대해 별로 관심을 가지지 않으며 살아간다. 나 혼자만 분신한 전태일이 안타까워 앓는 모습이 너무나 억울했다.

나는 더 많은 사람들이 전태일을 알며, 내가 살아가는 현재보다 더 나은 노동 환경으로 바뀌길 원한다. 지금 당장이라도 밖으로 나가 지나가는 사람들 손에 『전태일평전』을 쥐여 주며 한 번만 관심을 가져 달라고 말하고 싶다. 나 하나는 작은 힘일지라도, 작은 힘들이 모이면 큰 힘이 될 수 있다. 평화시장에서 전태일이 노조를 결성하기로 마음먹은 뒤, 전태일과 뜻이 같은 사람들이 수백 명이 모여 함께 데모를 하는 것과 비슷한 경우다. 나 또한 그러기를 원한다. 지금 당장은 할 수 없을지라도, 이 글과 내 마음이 다른 사람들에게 진심으로 닿길 바란다. 또한 전태일이 원한 근로기준법에 따라, 법이 잘 지켜지는 세상을 만들기를 원한다. 나는 전태일의 라이터를 잊지 않을 것이다. 라이터가 세상을 바꾸는 준비라면, 불꽃은 사그라지지 않는 전태일의 신념과 마음이다. 끝으로 나 또한 전태일처럼 살고 싶다. 함께 어울려 행동할 줄 아는 사람, 강 너머 바다를 볼 줄 아는 사람, 라이터 속 작은 불꽃을 피우는 사람이 되고 싶다. 전태일은 나에게 불굴의 의지를 알려 주었다.

제19회 전태일청소년문학상 수상작

경향신문사 사장상

시 부문 / 박지효(별가람고등학교 3학년) · 등나무 엮기 외 2편

산문 부문 / 박세은(안양예술고등학교 3학년) · 문워크(Moonwalk)

독후감 부문 / 심현겸(숭실고등학교 3학년) · 여전히 붉게 흩날리는 이름

박지효

등나무 엮기

장인은 흔하디흔한 공장에 존재한다

24시간 불 꺼지지 않는 어딘가에

낡은 옷을 입고 대충 끼니를 때우며

부드러운 안감을 꿰맨다

넘어야 할 담장은 50유로보다 높기에

지문마저 닳아 버린 손끝

안전장치 제거된 기계가 멈추지 않고

점점 더 빠르게 돌아간다

가방 값은 치솟고

철문은 점점 무거워지고

결국 돌아올 것을 알기에

담장 너머 생각마저 시들어 가면

값비싼 가죽과 싸구려 노동

손에 쥐고 있는 게 뭔지

좀체 구분되지 않고

섬유와 가죽을 포개어

등나무 엮는 이태리 장인을 흉내 낸다

수많은 실종이 시작된 순간부터

불법 이민자이자 명품 장인이 되었고

그들의 언어는 바느질된 채

이탈리아어와 중국어가 뒤섞인다

모국어는 존재하지 않지만

Mada in… 원산지는 남는

완벽하게 포장된 패턴

백화점 진열대 위에 올라가고

우린 그것을 선망의 눈으로 바라본다.

리베로*

언니가 받아 낸 공이
스물의 경계에 떨어진다

무릎의 테이핑이 쌓일수록
점점 잦아지는 실책
한번 파열된 근육은
일어서지 못하게 다리를 붙잡고

벤치에 앉아 있는 시간이 늘 때마다
바닥 아래로 가라앉는다
공 튕기는 소리가 머리를 울리고

언니의 빈자리에도
블로킹과 득점에 성공하고
넘어진 선수를 일으켜 주고
하이 파이브를 하는 선수들
코트 안 6명에
그녀는 존재하지 않지만

여전히 경기는 계속된다

모든 움직임이 숫자로 기록되는 이곳
로테이션 선수 교체에도
벤치를 지켜야 했던

끝내 호명되지 않은 이름
어린 유망주의 꿈은
너무나 쉽게 코트 밖으로 튕겨졌지만

이제는 용기를 내어
경기장 밖으로 나가야 할 때
등 위로 공이 백색 소음을 내며
요란하게 떨어진다.

＊ 배구에서 선수 포지션을 나타내는 용어. 수비수의 일종이며 공격할 수 없다.

물에 잠긴 도시

다 막았다 생각했는데
틈새로 온갖 것이 들어옵니다
침수 자동차와 맨홀 뚜껑 짝 잃은 신발과
수몰된 빗물펌프장 같은

아무도 찾지 않는 분실물에
마침내 집 안이 빈틈없이 들어찹니다

나는 뻐끔거릴 뿐 아무 말 할 수 없고요
눅눅하고 어두컴컴한 바닥을 더듬거려
필사적으로 찾아냅니다
나를 증명할 서류들
도시가 밀어낸 것들로 발 디딜 틈 없지만
주어진 구역을 지켜야 하죠

물속에 흩어진 산소와
매끈하게 교환되는 기체의 느낌
마침내 이곳에 남기 위한

진화가 시작됩니다

살아남으려 노력하는 것도 재능이기에

양 볼에 깊게 팬 아가미와
파닥이는 지느러미까지…
나약하고 단단하게 변해 갑니다

나날이 커지는 집과 학교의 기온 차
부유하는 여름 감기 바이러스에
감염된 줄도 모르고
교실 구석에 자리 잡아
드나드는 친구들을 바라봅니다
퇴화 없는 보송한 모습에

나는 덜 마른 빨래 냄새를 숨기기 위해
더 깊은 곳으로 잠수합니다
어느새 팔다리와 표정이 사라지고

도시가 숨겨 놓은 바닥이 보이면

아무래도 올해는 좀 더 오래
버틸 수 있지 않을까 생각합니다

문워크(Moonwalk)

박세은

달로 향하는 방법은 어렵지 않다. 뭉툭한 송곳니를 혀로 눌렀다. 맨홀 속에서도 둥근 달이 보였다. 2개의 원이 포개진 것 같았다. 달은 하늘에 떠 있고 우리는 지하의 달 속에 갇혀 있다. 털이 솟아난 피부를 쓸어내렸다. 이 고요가 길었으면 좋겠다고 생각했다.

1

빳빳한 태양이 모든 것을 집어삼킬 것 같은 날, 소희가 사라졌다. 오전 8시 반. 나는 졸린 눈을 비비며 집에서 나왔다. 이 시간에 나오면 한 치의 오차도 없이 소희를 마주쳤다. 하지만 오늘은 무슨 일인지 만나지 못했다. 교실 문을 열고 들어서며 교탁 맨 앞줄 소희의 책상을 확인했다. 책상은 텅 비어 있었다. 가끔 아파서 조퇴를 한 적은 있었지만 결석은 처음이었다. 소희에게 보낼 카톡을 썼다 지웠다 반복했다. 간결하게 '오늘 안 와?'라고 보냈다. 과학 선생님은 이번 주 금요일 슈퍼 블러드문이 뜬다며 수업 대신 잡담을 이었다. 하지만 큰 달덩이나 보고 있을 때가 아니었다.

건성으로 수업을 듣고 있는데, 마지막 수업 마침종이 울렸다. 담임 선생님을 찾아가 소희가 학교에 안 나온 이유를 물었다. 돌아온 대답은 도무지 이해가 안 되는 말이었다. 홈스쿨링. 소희가 해외 유학을 준비한다고 했다. 집으로 향하며 소희를 생각했다. 날이 더워서인지 머리가 어지러웠다.

소희가 걱정됐다. 2학년 초에 전학 온 소희는 아이들에게 기피의 대상이었다. 소희가 지나가면 하나둘 거리를 두거나, 자리를 피했다. 왕따는 나름대로의 이유가 붙여지며 시작되는데, 소희에게 붙여진 표면적인 이유는 말을 하지 않아서, 퀴퀴한 냄새가 나서였다. 수업 시간에 읽기를 시켰을 때건, 조별 활동을 할 때마저도 소희는 늘 침묵으로 일관했다. 말을 하고 싶지 않았던 것은 아니었을 것이다. 소희는 말을 심하게 더듬었다. 그렇게 아이들의 반응을 유달리 의식하게 되고, 그것이 쌓이다 보니 아예 입을 닫아 버린 모양이었다. 그렇게 소희를 둘러싸고 소문이 형성됐다. 소문은 꼬리에 꼬리를 물었다. 소희가 아이들이 만들어 낸 사람으로 바뀌는 건 시간문제였다.

소희는 유일하게 나에게만 말을 걸었다. 특별히 소희에게 동정심을 느꼈던 것은 아니었지만, 공교롭게도 같은 다세대 주택에 살고 있어 가까워질 수 있었다. 물론 매번 등하교를 같이할 정도로 친한 것은 아니었다. 쓰레기를 버리러 나갔을 때나, 등하교를 할 때

마주쳐 짧은 대화만 주고받는 정도였다. 학교에서도 수행평가를 전달해 주는 사이에 불과했다. 등하굣길이 겹칠 때도 소희보다는 시아와 함께 가고 싶었다. 시아는 소희의 쌍둥이 여동생이었는데, 소희와 달리 말을 더듬지 않았다. 생긴 것도, 학교생활조차도 너무나 달라 말하지 않으면 동생인 것을 모를 정도였다. 한 번도 둘이 함께 등교하는 것은 본 적이 없었다. 나 역시도 같은 반 친구지만 함께 등교를 약속한 적은 없었다. 소희가 싫지는 않았지만, 굳이 그렇게까지 하고 싶지는 않았다. 그게 다였다.

"학생, 앞길 똑바로 보고 다녀. 둔해 빠져 가지고."

클랙슨 소리가 두어 번 울렸다. 번뜩 정신이 들었다. 스쿨존에서 경적을 울리는 어른들이 이해가 안 됐다. 나는 미로 같은 골목길을 지나 색이 누렇게 바랜 빌라로 향했다. 빌라는 학교 앞 신호등을 건너 새로 지어진 신축 아파트를 마주하고 있었다. 재개발이 진행된 곳과 진행되지 않은 두 공간은 낯선 이질감을 자아냈다. 때론 높이 솟은 아파트에서 우리 집을 내려다보며 무슨 생각을 할까 싶었다. 저들 중 몇몇에겐 내 인생이 함부로 어림 잡혀 있을지도 몰랐다. 우리 집에서는 소희의 집이 잘 보였다. 소희의 집은 우리집 맞은편이었다. 커튼을 치지 않으면 형광등 불빛에 촌스러운 체리 몰딩의 거실이 훤히 드러났다. 곧장 집으로 들어와 소희의 집을 바라보았다. 햇빛이 쨍한 오후임에도 그림자만이 거실 창문을 두드리고 있있나. 나는 줄곧 소희의 집을 몰래 엿보곤 했다. 소희는 집에 돌아가면 가방을 벗고 곧장 소파에 누워 휴대전화를 붙들고 있었다. 무엇을 보길래 저렇게 오랫동안 휴대전화를 들여다보는 걸까 생각했고, 그 모습을 지켜보며 소희도 나와 다르지 않다는 사실을 느꼈다. 하지만 소희는 밤마다 종종 토끼 가면을 쓴 채 거실에서 춤을 췄다. 그것을 처음 목도했을 때에는 생각지도 못한 광경에 웃음이 났고, 두 번째로 보았을 땐 소희가 춤을 추며 진심으로 행복해하는 것 같아 마냥 웃지 못했다. 되레 섬세한 손끝 표현에 감탄할 수밖에 없었다. 그리고 소희가 거실에 나오는 건 집에 가족이 없는 시간인 듯했다.

씻고 나서 카톡을 확인했다. 아직 문자 옆에 1이 사라지지 않았다. 가끔씩 소희가 집에서 무얼 하고 있을까 궁금할 때가 있곤 했는데, 오늘은 유난히 궁금한 날이었다. 나도 모르는 사이 소희에 대한 관심이 자라난 것 같았다. 가방에서 과학 문제집을 꺼내 책상에 앉았다. 기말고사가 얼마 남지 않았기 때문이었다. 선풍기가 달달거리면서 돌아갔다. 책을 펴고 교과서에 밑줄을 그었다. 몇 주 뒤 시험을 볼 생각을 하니 진절머리가 났다. 집중이 되지 않았다. 가만히 있어도 땀띠가 날 정도로 더웠다. 애꿎은 날씨 탓으로 돌렸다.

인생은 성적으로 모든 게 결정된다. 엄마는 이 말을 입에 달고 살았다. 뉴스에선 돈으로 학력을 위조하기도 한다지만 나와는 다른 세상이었다. 머리에 국영수를 채워 넣는 게 더 나은 세상을 경험할 수 있는 유일한 방법이랬다. 환경은 상황을 바꾼다고 생각했다. 나는 회색 포장지를 벗겨 복숭아 맛 풍선껌을 입에 넣고 씹었다. 방 안 가득 복숭아 향기가 진동했다. 어느덧 해가 지상으로 내려앉는 시간이었다. 얼마 지나지 않아, 도어록이 열리는 소리가 났다. 일정한 간격으로 비밀번호를 누르는 소리는 엄마임이 분명했다.

2

우리 가족은 2년 전까지만 해도 엄마와 아빠, 나, 셋이서 함께 살았다. 그러니까, 아빠가 집을 나가기 전날 나는 충격적인 장면을 보았다. 이상한 가면을 쓴 채 여자 옷을 입은 아빠를. 정체를 알 수 없는 동물 가면이었다. 거실 바닥엔 엄마의 옷이 아닌 여자 옷들이 어지럽게 널브러져 있었다. 브래지어부터 얇은 슬립, 싸구려 목걸이나 귀고리까지, 그 종류도 다양했다. 엄마는 눈시울이 붉어진 채로 아빠를 바라보고 있었다. 집 안은 정적으로 가득했다. 가장 먼저 끔찍한 기류의 정적을 깬 건 엄마였다. 엄마는 떨리는 목소리로 아빠에게 말을 꺼냈다.

"미친놈, 나가! 나가서, 다시는 집에 들어오지 마."

그 순간, 내가 힐끔 바라본 아빠의 얼굴에서는 그 어떤 감정도 읽어 내기 어려웠다. 무표정이라기보다는 너무나도 많은 감정이 뒤섞여 무엇이 파도를 일으키고 있는지 알 수 없었다. 아빠는 그렇게 정말 집을 나갔고 긴 시간이 흐르도록 돌아오지 않았다. 깊숙이 숨겨 두었던 아빠의 비밀이 들춰진 순간이었다. 그 일이 있던 뒤로

나는 이웃집 도어록 소리에도 예민해졌다. 혹시나 해서 지하철역
과 공원, 아빠가 다니던 직장 주변을 어슬렁거려 보았지만 아빠를
볼 수는 없었다. 아빠는 그렇게 완벽하게 사라졌다.

저녁 8시. 저녁을 먹고 쓰레기를 버리러 나섰다. 쓰레기 분리수
거장은 우리 빌라뿐만 아니라 골목길에 따개비처럼 다닥다닥 붙
어 있는 가정집들의 쓰레기들도 한데 모이는 곳이었다. 그 때문에
불법 투기한 쓰레기, 음식물쓰레기 같은 것들이 버려지기도 했다.
지구상에 이렇게 더러운 곳이 있을까 싶은 생각이 들 정도였다. 그
럼에도 이곳에 온 건 시아를 만날 수 있어서였다. 또, 소희에 대한
정보도 들을 수 있을 것 같아서였다. 어쩌면 시아보다도 소희가 더
궁금했다. 어디서 무얼 하고 있는 건지.

분리수거장에 도착하니 시아가 쓰레기를 버리고 있었다. 쓰레
기는 많다. 쓰레기들 사이에서 소희의 옷가지들과 물건들이 보
였다. 유학을 가면서 버릴 것들을 정리하나 싶었지만, 분명 엊그제
까지도 소희가 메고 왔던 가방을 버리는 게 이상했다. 시아는 내
시선을 느꼈는지 나에게로 고개를 획 돌렸다. 깜짝 놀라며 나를 쳐
다봤다. 소희에 대해 물으려고 하는 순간 시아가 손에 들고 있던
가방을 등 뒤로 숨겼다. 시아의 얼굴이 구겨지며 초조한 표정을 지
었다. 무슨 일이 있음을 직감했다. 나는 소희의 안부를 물었다. 너
네 오빠 유학은 언제 가는데? 갔다가 언제 오는 거야? 돌아온 대
답은 차가웠다.

"오빠는 돌아오지 않을 거야. 죽진 않았지만 거의 죽은 거나 마

찬가지거든."

의미심장한 말이었다. 시아가 퉁명스럽게 말을 한다는 건 익히 알고 있었지만 아무리 그래도 죽었다는 말은 너무했다. 나는 소희에 대해 말하기 전까지 계속 말을 걸었다. 시아의 입술이 움찔거리며 열릴 것 같다가도 열리지 않았다. 이내 시아는 쓰레기를 버리다 말고 집으로 달려갔다. 괜히 나와서 가슴이 답답해졌다. 집으로 달려가는 시아의 뒷모습을 바라봤다. 하늘엔 새빨간 달이 지나치게 낮게 떠 있었다. 나는 소희가 사라지기 며칠 전, 소희의 쇄골과 다리의 멍들을 기억했다. 하복 사이로 보인 붉고 푸른 멍들은 꼭 꽃무늬 같았다. 다른 사람들은 모른다 해도 나는 소희의 몸에 주홍글씨처럼 아로새겨진 꽃무늬를 알았다. 소희의 집 커튼이 걷힐 때면 둔탁한 것들이 부딪히는 소리가 들려왔다. 그리고 머지않아 울음소리가 새어 나왔다. 머리가 아파 고개를 여러 번 저었다. 나는 분리수거장에 버려진 토끼 열쇠고리를 주워 집으로 걸어갔다. 어두운 골목을 홀로 걸었다. 가로등이 고장 나려는지 깜빡이길 반복했다.

3

새벽까지 소희의 행방에 대해 생각하다 잠들었다.

늦잠을 자 버린 탓에 학교까지 급하게 달려갔다. 교실에 들어갔다. 아이들은 책에 고개를 박고 있거나 잠을 잤다. 칠판에는 커다랗게 '기말고시 10일 전'이라는 글씨가 적혀 있었다. 소희의 책상은 오늘도 텅 비어 있었다. 여전히 카톡도 읽지 않았다. 소희가 학교를 나오지 않아도 교실은 아무렇지 않게 돌아갔다. 끔찍이 평범하고 일상적이게. 나는 쉬는 시간을 틈타 시아의 반에 찾아갔다. 시아는 나를 보고도 모른 척했다. 학교가 끝나고 시아의 뒤를 쫓았다. 온종일 따라다니며 귀찮게 만들기. 어젯밤 고민 끝에 선택한 방법이었다. 시아는 도망치듯 빠르게 걷다 걸음을 멈춰 내가 아직 따라오고 있는지 확인했다. 지겹도록 말을 걸며 따라다닌 지 30분도 채 지나지 않아 시아가 한숨을 쉬며 말했다.

"줄 게 있는데 이따 9시에 골목길 앞에서 봐."

시아는 검은 모자를 푹 눌러쓰고 나왔다. 왼쪽 손엔 쇼핑백이 들려 있었다. 하마터면 알아보지 못할 뻔했다. 시아가 해 준 말을 듣고 괜히 무거운 마음이 들었다. 시아는 그 짧은 시간 조곤조곤 자신의 가정사를 말했다. 소희는 엄마가 전남편 사이에서 낳은 아이라고 했다. 한마디로 의붓남매라는 것이다. 아빠는 자기와 달리 소희를 싫어한다고 했다. 엄마의 전남편을 닮아 애가 벙어리로 태어났다며 구박을 받는 게 일상이라면서. 엄마가 소희는 장애가 없는 멀쩡한 남자애라고 이야기했는데도 하는 짓이 벙어리 같다며 그냥 집을 나가라고 했고, 이에 소희가 대들기라도 하면 때렸다며 말을 이었다. 시아의 목소리가 미세하게 떨렸다. 얘기를 들을수록 소희의 푸른 멍울이 내게로 전해지는 기분이었다. 포기를 한 건지, 사는 게 바빠서인지 엄마도 소희에 대해 무신경하단 것. 난 흠칫 어깨를 떨었다. 너무 많은 것들을 알아 버렸다. 당황스러운 나머지 입술을 뜯어 댔다. 피가 나는지 입안에서 비린 맛이 났다.

"아빠가 오빠 물건 다 버리래서 숨겨 두었던 거야. 네가 가지고 있어."

주변을 살피던 시아가 내게 쇼핑백을 건넸다. 쇼핑백에는 소희의 물건들이 있었다. 그중에서도 눈에 띄었던 건 토끼 가면이었다. 나는 소희의 물건을 받았다. 소희에게서 나는 특유의 시큼한 냄새가 났다.

"그래서, 소희는 어딜 간 거야?"

"나도 몰라. 그냥 사라졌어."

"언제부터 그랬어? 갑자기 그런 거야?"

시아가 주머니에 손을 찔러 넣으며 대답했다.

"갑자기는 아니고. 오빠는 원래 엄마 아빠 다 자면 집 나가서 해 뜨기 전에 들어오고는 했었어. 무슨 물에 젖어서."

처음 듣는 얘기였다.

"그러다가 엊그제부터 아예 안 보이기 시작한 거야. 혹시나 해서 엄마가 학교에 홈스쿨링 때린 거고. 남매라고 하기 쪽팔렸는데 잘된 걸지도 몰라. 오빤 맨날 토끼 가면을 들고 집을 나갔는데, 그거 갖고 대체 뭘 하고 다니는 건지."

시아가 뜸을 들이다 말을 꺼냈다.

"근데 오빠한테 연락 오거나 찾으면 나한테 어디 갔는지만 알려 줘."

시아는 고개를 절레절레 젓다가 집으로 발을 뗐다.

4

소희가 우리 반에서 철저히 소외된 존재였다면, 나는 은근히 소
외되는 존재였다. 소희와 등하교를 같이하지 않았던 이유 중 하나
도 내가 소희와 동급이 되고 싶지 않았기 때문이다. 똑같은 것들끼
리 친구 한다는 말. 그 소리가 듣고 싶지 않았다. 같은 빌라에 사는
것도 들키고 싶지 않았다. 체육 시간 짝을 지어 활동해야 할 때도
늘 나는 남겨진 소희와 함께했다. 모두 소희를 피했지만 나는 소희
가 말수가 적고 퀴퀴한 냄새가 나는 것에 크게 신경 쓰지 않았다.
애들이 소희에 대한 뒷말을 꺼낼 때 크게 동조하지도 않았다. 그렇
다고 애들 사이에서 만들어진 소희는 그런 애가 아니라고 말하지
도 않았다. 그래서일까. 오늘 본 소희의 텅 빈 자리가 해방구처럼
보였다. 나도 학교에서 벗어나고 싶었다.

그런데 토끼 가면은 뭐였을까. 설마 그걸 쓰고 밤새 골목을 쏘다
니기라도 한 걸까. 아니면 아무도 모르는 은밀한 무도회라도 참여
한 걸까. 허무맹랑한 생각이 운동장의 모래바람처럼 휘몰아쳤다.

잠이 오지 않아 몸을 뒤척였다. 문득 겨울 방학 때의 내가 떠올
랐다.

지난 겨울 방학, 나도 짧게 가출을 했다. 엄마와 내가 서로를 잘
아는 이방인임을 깨달았던 때였다. 또 아빠가 집을 나간 뒤로 공부
에 대한 압박감을 더 느꼈고, 방학 내내 엄마의 잔소리를 듣고 싶
지 않아서였다. 휴대전화를 끄고 집에서 1시간 거리의 청소년 쉼

터에 찾아갔다. 청소년 쉼터는 꽤 안락했다. 쉼터에 있는 학생들도 나처럼 집을 나온 아이들이었다. 부모님을 피해서 온 청소년들이 주를 이뤘고 집에서 쫓겨난 사람들도 있었다. 이틀 가까이 쉼터에 있었다. 자연스럽게 쉼터에서 친구도 사귀었다. 형, 누나, 동생, 나이도 사는 곳도 성격도 모두 달랐다.

쉼터에서 하룻밤을 보내며 왜 여길 진작 오지 못했을까 생각했다. 처음 쉼터에 찾아갔을 때 쉼터의 선생님들은 나를 따뜻하게 받아 주었고 센터의 원장 선생님은 나를 이해해 주는 것 같았다. 생각보다 보육원이란 곳도 괜찮을지 모르겠다고 생각하며 보육원에 대해 인터넷에서 정보를 찾아봤다. 그러다가 만 열여덟 살이 되면 자립 지원금 5백만 원과 함께 보육원에서 퇴소당한다는 사실을 알게 됐다. 세상의 많은 사람들이 휘청거리며 줄타기를 하는 것 같았다.

쉼터에 온 지 사흘이 되던 날, 엄마에게 전화가 간다는 사실을 알게 됐다. 72시간이 지나면 전화를 거는 게 원칙이라고 했다. 쉼터에 들어올 때 적었던 보호자 전화번호가 그 용도였다. 전화를 걸지 않는다고 말해 놓곤 싹 변하는 쉼터 선생님의 태도가 감탄스럽게 느껴질 정도였다. 나와 같이 들어온 형과 급히 짐을 챙겨 쉼터에서 나왔다. 쉼터를 나감과 동시에 우린 보호받지 못하는 가출 청소년이 됐다. 형은 SNS에서 알아본 가출팸으로 들어갈 거라고 말했다. 가출팸으로 같이 가자는 말을 건넸다. 머릿속이 새하얘졌다. 가출팸에 소속될 정도의 생각은 아니었기에 제안을 거절했다. 난

형과 연락처를 교환하고 인사를 했다.

　형과 헤어져 집으로 향하는 버스를 타기 위해 정류장으로 향했다. 쉼터 옆엔 큰 공원이 있었다. 노숙자들도 많이 있는 공원이었다. 행색이 꾀죄죄한 차림의 아저씨가 말을 걸어왔다. 낮부터 술에 잔뜩 절어 있었다. 멀리서부터 알코올 냄새가 코를 아릿하게 했다. 조금 무섭긴 했지만, 나는 아저씨와 짧게 이야기를 나누었다. 아저씨는 나에게 어딜 갔다 오는지 물었다. 겁먹은 나머지 사실대로 말했다. 아저씨는 너도 세상이 싫은 거구나, 한마디를 던진 뒤 손에 들고 있던 소주병을 마저 들이켰다. 아저씨는 땅바닥의 맨홀을 바라보더니 혼잣말로 말을 이었다.

　"그래서 다들 맨홀로 사라지는 건가 보다."

　"맨홀요? 아….'

　아저씨는 맨홀 안에 또 다른 세상이 있다고 말했다. 순간 아차, 싶었다. 술에 취한 노숙자의 이야기에 귀를 기울이고 있다니. 스스로가 한심하게 느껴졌다. 별로 엮이고 싶지 않아 얼른 버스를 타고 그곳을 벗어났다. 맨홀 세상은 모르겠고 맨홀 뚜껑처럼 둥근 사람은 될 수 없을까 생각했다. 사회가 요구하는 어디든 딱 들어맞는 그런 사람. 집으로 돌아오자마자 방문을 잠갔다. 머리가 깨질 듯이 아팠다. 머릿속은 새하얀 백지장이었지만, 누군가 머리 위에 석판을 올려놓은 듯했다. 밤이 겨울 방학처럼 길었다.

5

그동안 방관자로 살아온 죄책감 때문인지, 겁 없는 호기심 때문인지, 소희를 찾는 일이 사명처럼 다가왔다. 나도 모르게 정이 든 게 분명했다. 토끼 가면을 쓰고 소희가 갈 곳을 고민해 보았다. 철저히 소희가 돼 보았다. 그러다가 지난겨울 노숙자 아저씨가 한 말이 떠올랐다. 혹시 몸에서 풍기던 퀴퀴한 냄새의 근원지가 맨홀이었나? 나는 벌떡 자리에서 일어났다. 미친 짓이었다. 그럼에도 불구하고 미친놈이 되고 싶었다.

창문을 열자 저만치 맨홀 뚜껑이 보였다. 기분이 묘했다. 속는 셈 치고 맨홀 뚜껑을 열어 보고 싶어졌다. 실제로 미국의 라스베이거스에서도 지하 터널에 사람들이 살고 있고 엄청나게 믿을 수 없는 이야기는 아니었다. 빌라 앞 막다른 길 끝에 맨홀이 있었다. 창고에서 엄마 몰래 지렛대로 쓸 만한 쇠막대를 찾아냈다. 인적이 드문 곳이라 사람들의 시선은 신경 쓰지 않아도 괜찮았다. 천천히 맨홀 뚜껑을 열었다. 뚜껑이 열리며 모래가루가 휘날렸다. 몸이 땀에 범벅이 됐다. 등 뒤로 땀띠가 올라왔는지 간지러웠다.

뚜껑이 열리자 거칠게 내쉬던 호흡이 뚝 끊겼다. 눈앞으로 계단이 길게 뻗어 있었다. 나는 잔뜩 경계하는 어미 곰처럼 사방을 두리번거렸다. 주위엔 아무도 없었다. 시큼한 하수구 냄새가 올라왔다. 소희에게서 나던 냄새였다. 이 모든 게 꿈결같이 느껴졌다. 난 하수구 뚜껑을 딛었다. 부정하게 있었던 허리를 쭉 펴고 호흡을 골랐다. 미지의 세계로 향하는 비밀의 문을 발견한 것 같았다.

시간은 금방 흘렀다. 모두가 잠든 새벽, 나는 다시 맨홀로 향했다. 가방 안에 손전등과 비상식량, 소희의 물건들을 챙겼다. 한 손엔 못 나올 것을 대비해 실 꾸러미를 쥐었다. 시간이 구부정하게 흐르고 있었다. 들뜬 마음과 걱정되는 마음이 뒤섞여 어지러웠다. 붉은 실을 입구에 고정했다. 아래로 더 아래로 깊숙이 들어갔다. 맨홀로 들어가던 중 하늘에 뜬 초승달을 봤다. 초승달을 가슴 한구석에 안고 싶었다. 맨홀의 계단이 끝이 났다. 그 옆으로 때가 잔뜩 탄 소희의 신발이 보였다. 맨홀 안은 거대한 동굴 같았다. 앞이 보이지 않았다. 귀가 먹먹했다. 이상한 이끌림 속에 계속 지하 터널을 걸었다. 소희는 이곳에 있는 게 분명했다. 계속해서 걸어 나가자 멀리서 어슴푸레한 빛이 보였다. 물이 쏟아져 내리는 소리가 들렸다. 도착하니 큰 광장이 있었다.

나는 넋을 놓은 채로 광장을 바라보았다. 인공 폭포가 떨어져 내렸고 물이 흘렀다. 눈앞으로 보이는 놀라운 광경에 입 밖으로 와, 하는 소리가 나왔다. 사람들은 가면을 쓰고 춤을 추고 있었다. 몇몇은 게임을 하고 있었고 몇몇은 모닥불을 가운데에 두고 이야기를 나누고 있었다. 모두가 자유로웠고 행복해하고 있었다. 지하 낙원이 있다면 이곳인 것 같았다.

"침입자다, 침입자다!"

그 순간 누군가 날카롭게 소리쳤다.

사람들이 달려와 나를 빙 둘러쌌다. 가면을 쓴 사람들이 나를 바라보며 각자의 가면에 맞춰 동물 울음소리를 냈다. 나는 소스라치며 뒤로 넘어졌다. 치타 가면을 쓴 사람과 검은 재규어 가면을 쓴 사람들이 다가오더니 밧줄로 나를 묶었다. 호랑이 가면을 쓴 사람이 날카로운 꼬챙이를 들고 왔다. 모두가 내게 날 선 발톱을 들이밀었다. 겁에 질린 나는 입 밖으로 소리가 나오지 않았다. 식은 땀이 앞머리를 적셨다. 나는 살려 주세요,라고 말하려고 했다. 하지만 소리가 나오지 않았다. 한 마리의 가젤이 된 것 같았다. 떨리는 목소리를 가다듬었다.

"살려 주세요. 저는 평범한 학생입니다. 돌아가서 시험을 쳐야 해요."

그 상황에서도 시험 얘기를 꺼내다니, 스스로 생각해도 어이가 없었다.

"잠시만요. 아는 사람이에요."

그 순간 토끼 가면이 내게로 다가왔다. 내 가방에 있는 가면과 동일했다. 삐쭉삐쭉 솟아난 털과 길게 뻗은 귀, 분명 소희였다.

"뭐야, 애도 같은 종족인 거야?"

호랑이 가면은 꼬챙이를 내리며 물었다. 소희는 고개를 끄덕이며 말했다.

"유일하게 제게 관심을 가졌던 친구예요."

맨홀 속의 소희는 말을 더듬지 않았다. 스타카토처럼 뚝뚝 끊기던 소희의 목소리가 사라졌다. 목소리가 터널에서 공명했다. 소희는 이곳에서 완전히 다른 사람이었다. 나를 둘러싸던 사람들이 밧

줄을 풀어 주었다. 동시에 긴장이 풀렸다. 지금까지 내 눈앞에서
벌어진 모든 일들이 마치 영화의 한 장면 같았다.

"제가 안내를 할게요."

소희는 혼자 쓰는 작은 동굴로 나를 데려갔다. 따뜻한 조명들이
갈랜드처럼 걸려 있었다. 그리 넓은 동굴은 아니었지만, 소희 혼자
쓰기 충분한 공간이었다. 지하 터널은 내가 생각한 것보다 훨씬 크
고 복잡했다. 시아에게 받은 소희의 물건을 내밀었다. 소희는 고마
운 듯 미소를 지어 보였다. 소희는 나에게 이곳에 대해 설명해 주
었다. 맨홀 안에는 지상의 사회에서 소외된 사람들이 모이는 곳이
라고 했다. 정말 새로운 세계 같았다.

"아까 호랑이 아저씨도?"

"응. 그 아저씨는 회사에서 버림받았어."

나는 눈을 크게 뜨며 물었다.

"근데 너 말을 안 더듬네?"

"어, 이곳에선 누구도 말을 더듬지 않아. 오직 지상의 공기를 마
실 때만 그런 현상이 생겨. 다들 나를 그런 이미지로 보니, 고칠 수
도 없었던 거고."

소희가 쑥스러운 듯 머리를 긁적였다. 잠시 후 나는 호랑이 아
저씨에게 안내됐다. 그는 이곳 맨홀 관리를 맡고 있다고 했다. 우
리 셋은 동굴을 얼마간 걸었다. 눅눅하고 잠식될 것 같은 공기를
느꼈다. 아저씨는 아까는 미안했다며 사과를 건넸다. 괜찮아요,라
고 답했다. 아저씨를 따라 나는 가면방이란 곳으로 들어갔다. 가면

방에는 작은 초식 동물부터 시작해 큰 육식 동물까지 다양한 가면이 줄지어 있었다.

"하나 골라 봐. 좋아하는 동물 있니?"

나는 고민을 하다 반달가슴곰이라고 답했다. 전 반달가슴곰이 좋아요. 아저씨는 둔탁한 손으로 나무 조각 하나를 꺼내 기계로 즉석에서 가면을 만들어 주었다. 아무래도 이런 일에 익숙한 듯 보였다.

"근데 왜 반달가슴곰이야?"

소희가 물었다.

"네가 토끼잖아. 토끼랑 가까운 동물이 곰이래."

소희가 의아해했다.

"곰을 거꾸로 하면 문(moon). 너는 달 아래에 살고 나는 늘 달을 가슴에 품을 수 있잖아."

귀여운 외모에도 강인한 동물이 곰이었다. 나는 곰이 되고 싶었다. 아빠도 곰을 좋아했다. "아빠." 그 순간 갑자기 아빠가 떠올랐다. 여자도 남자도 되지 못하고 집을 나가 버린 그가. 아빠도 이곳에 있을지 모른다는 생각이 들었다.

"곧 축제가 열릴 거야. 너도 거기에 참가해 봐. 괜찮으면 나처럼 이곳에 영영 머물러도 돼."

소희가 대광장으로 안내하며 말했다. 아까와는 비교할 수 없이 큰 공간이라고 했다. 알고 보니 동굴은 하나가 아니었다. 지하 곳곳에 이런 식의 동굴이 있고 대부분의 동굴이 서로 연결되어 있다고 했다. 땅속에 또 다른 세계가 존재하고 있었던 것이다. 또한 동굴마다 특징이 있어서 성향이 비슷한 사람들이 모여 산다는 것을 알게 됐다. 그 순간 어쩌면 아빠를 만날 수 있게 될지도 모른다는 희망이 들었다.

슬슬 다리가 무거워질 즈음 멀리서 사람들의 노랫소리가 들리고 빛이 보였다. 더 가까이 다가가자 소리는 점점 커졌다. 진동이 몸을 타고 올라왔다. 그리고 통로 끝에 다다랐을 때 나는 입이 떡 벌어졌다. 눈앞으로 축구 경기장보다 큰 공간이 펼쳐졌다. 모닥불이 타오르는 가운데 수백 명의 사람들이 모여 저마다 가면을 쓴 채 춤을 추고 있었다.

"저건 지하인들을 하나로 묶는 의식이야."

놀란 표정의 나를 보고 소희가 설명했다. 소희가 밤마다 추던 춤이었다.

"춤을 추다가 나중에는 전부 가면을 벗게 될 거야! 이곳에선 매주 한 번씩 있는 매우 중요한 의식이지."

소희가 눈을 빛내며 말했다.

하지만 나는 말이 귀에 들어오지 않았다. 반대편 한 무리의 사람들 속에서 익숙한 몸짓을 보았기 때문이다. 5명, 혹은 6명쯤 되는 사람들이었다. 분명 남자의 골격을 했는데 여자의 옷을 입은 사람들이 각자 가면으로 얼굴을 가린 채 춤을 추고 있었다. 나는 그들 가운데 한 사람을 향해 점점 다가갔다. 춤이 점점 더 격렬해졌다. 그는 춤을 추다 멈춰 섰다. 달에 도착했을 때, 두 마리의 곰은 서로를 응시했다.

여전히 붉게 흩날리는 이름

— 『전태일평전』을 읽고

심현겸

가장 고통스러운 죽음 중 하나가 화형이라고 유튜브에서 본 적이 있다. 아마도 타인을 위하여 자기 몸에 불을 붙일 사람은 위인들 중에서도 몇 없을 것이다. 그러나 전태일은 자신을 포함한 평화시장의 3만 노동자들을 위하여 그런 희생을 감내했다. 사실, 그에 대해서는 이번 대회를 준비하며 처음 알았다. 그가 살던 시대는 박정희 대통령의 집권기로 국내에서는 도시와 농촌의 구조 문제, 경제 불황, 국외적으로는 수출과 부채의 문제가 발생해 심각한 경제적 어려움의 시기였다. 그러므로 다른 문제에 묻혀 노동자들의 권리는 전혀 지켜지지 않았다. 전태일은 노동 관리원에게도 요구사항을 들어줄 기회를 세 번 주었지만 모두 약속을 지키지 않아 결국 분신 자결을 선택했다. 그들이 단 한 번이라도 약속을 지켰더라면 전태일은 지금까지 살아 있었을지도 모른다. 여전히 대한민국은 기득권을 빼앗기지 않으려는 사람들이 많고, 이익을 위해서라면 타인은 어떻게 되든 상관없다는 의식이 지배적이다. 문제는, 없

어져야 할 이 부도덕한 정신이 현재까지도 유지되어 왔다는 것이
다. 진로 과목 '고전과 윤리'에서 여러 사상가들의 도덕관 중 정약
용의 『목민심서』처럼 공무원이나 상류층이 가져야 할 도덕에 대
한 교육이 유행해야 한다고 생각한다. 우리나라 사자성어 중 '상행
하효'같이 부유층이나 법조계, 언론계, 정치계부터 청렴해야 서민
들의 윤리의식도 깨끗해지기 때문이다.

　책 표지에는 베이지색 바탕에 은빛 글자들이 반을 채우고 있었
는데 마치 여닫이문 같았다. 윗부분은 유리이고 아래 글씨가 있는
곳은 문의 무늬처럼 보였기 때문이다. 보통 두꺼운 책을 읽으려고
하면 벽이 있는 것처럼 막막하지만 문의 느낌으로써 열고 들어갈
수 있는 용기가 생기게 도와준 것이다. 완독하고 다시 보니 이것은
전태일이 분신 자결 전 자신의 결단에 대해 말한 부분이었다. 한
편, 한 인물에 대한 책인 만큼 표지의 색 역시 그를 나타낸다고 보
았다. 그래서 흰색에 가까운 베이지색은 따뜻한 마음씨를 가진 사
람이 책의 주인공이 아닐까 상상하게 만들었다. 또 소설은 꽤 읽어
봤어도 평전은 처음 읽어 보는 갈래여서 여러 생각에 사로잡혔다.
예를 들어 평전은 한 인물의 생애를 다른 사람이 평가하는 글인데,
히틀러 같은 악인을 비판하는 평전도 있는지 궁금해졌다. 이런 생
각들을 지나 표지를 넘기니 앞장에는 동료들과 함께 찍은 사진들
이 나왔는데 인상만 봐서는 다소 반항적인 생김새가 부정적인 선
입견을 갖게 하기 십상이었다. 찢어진 눈매 때문인 것 같다. 그러

나 실제 그는 공부하는 것을 좋아하고 다른 사람들을 돕기 위해 살신성인한 사람이어서 더욱 인상 깊게 다가왔다.

　전태일의 가족들은 실력 좋은 미싱사인 동시에 알코올 중독자인 아버지에게 폭력을 당하며 살고 있었다. 하지만 그는 기죽지 않고 집에 보탬이 되기 위하여 어떻게든지 돈을 벌려고 한다. 그 자리에 내가 있었다면 무서워서 고분고분 따랐을 것이다. 어쨌든 집안의 어른이자 가장이고 돈을 벌어야 하는 입장에 동의하기 때문에 힘을 보태는 것이 더 낫다. 그렇기 때문에 아버지가 하시는 미싱 일을 도와 경제적으로 안정적이게 만들어야 한다고 생각한다. 어느 날 아버지는 태일이가 미싱에 소질이 있음을 알고 하교 후에 자신을 도와 옷을 만들게 시키고 일만 하라며 멋대로 집에 잡아 놓았다. 결국 전태일은 첫 번째 가출을 결심하게 된다. 하지만 세상을 살기에는 너무 어릴뿐더러 가진 것 하나 없어 며칠 만에 다시 집으로 돌아간다. 집에 가 보니 더 난폭해진 아버지는 이제 남동생, 태삼이에게도 일을 시켰다. 그렇게 이 생활에 익숙해질 때쯤 동생이 공부를 하고 싶다고 졸라서 전태일은 그동안 만든 옷 여덟 벌을 동생과 나눠 들쳐 메고 고학을 위해 서울로 상경한다. 이것이 두 번째 가출이다. 고학의 뜻을 몰라서 찾아보니 학비를 스스로 벌며 공부하는 것이라고 나와 있었다. 중학교 1학년 때, 영어 공부가 너무 하기 싫어서 가족들 앞에서 운 적이 있었다. 비용은 모두 부모님이 지불하시지만 잠깐의 싫증으로 인해 울고불고 난리를 쳤

다는 것이 전태일과는 너무 상반되어 보였다. 그와 비슷한 나이임
에도 말이다. 그리고, 단어의 사전적 의미를 찾기 전과는 달리 제
대로 알고 썼다는 안도감과 이제 정확한 뜻을 안다는 만족감이 들
기도 했다.

　둘은 서울역에 도착한 뒤, 가져온 옷을 모두 팔고 추위를 가시
게 하기 위해 우동을 먹는다. 그리고 시간이 한참 흘러 성인이 된
후에도 재단사 동료와 우동 가게를 방문한다. 비록 등장인물들이
어떤 의도로 우동을 찾았는지는 알 수 없지만 춥고 고달픈 인생에
서 따뜻한 우동을 먹는 것은 쉼터 같았을 것이다. 공교롭게도 내가
가장 좋아하는 음식 역시 우동이기 때문에 평전에서 나오는 몇 없
는 음식 중 가장 기억에 남았고 내가 우동을 먹으면서 무슨 느낌
을 받았는지 다시 생각해 보았다. 하지만 역시나 어떤 큰 고난이
없었던 나에게 지금까지 먹어 왔던 우동들은 그저 맛있거나, 아주
맛있는 일차원적인 느낌들뿐, 아무런 감정이 솟아나지 않았다. 하
지만 이런 생각은 들었다. 훗날 나에게도 올 힘든 시기에 따스함을
느낄 음식은 가장 좋아하는 우동일까 아니면 그다지 좋아하지 않
는 김밥이 될까 궁금해졌다.

　한편, 고학을 위해 서울행을 택했다지만 그의 처지 때문에 그
꿈은 패배했다고 나와 있다. 이 부분에서 '꿈이 패배할 수 있을까?'
라는 의문이 들었다. 곰곰이 생각해 보니 아마도 패배한 것은 꿈이

아니라 빈궁함이라고 생각한다. 돈이 없어서 사과 궤짝으로 상자를 만들어 그 안에서 잠을 청하거나 공부를 하러 갔음에도 불구하고 돈을 벌기 위해 신문팔이, 구두닦이를 하는 등 목적과는 관계없이 돈을 얻어야 하는 상황에 부닥치기 때문이다. 그러나 혼자라면 계속 버텼을 수도 있지만 동생과 함께 지내야 해서 힘들다고 판단해 다시 본가인 대구로 내려간다. 소중한 가족인 동생을 벌레 많고 더러운 길바닥에서 재운다는 것이 얼마나 슬프고 견딜 수 없는 것인지 나에게도 동생이 있어서 단번에 알 수 있었다. 만약 나라면 애초에 동생이 졸라도 조금만 참고 일하면 공부할 수 있다고 설득할지언정 서울로 올라오지는 않았을 것이다. 예나 지금이나 돈이 세상의 중심임은 변치 않는 것 같다. 가장 사람을 움직이도록 하는 강력한 물건이기 때문이다. 당장 많은 돈을 주는 조건으로 심부름을 시키거나 간단한 명령을 하면 난 기꺼이 움직일 의향이 있다. 돈으로 모든 것을 해결한다는 '금융치료'라는 말까지 생겨났으니 말다 했다.

전태일은 공부의 꿈을 잠시 내려놓고 돈을 벌기 위해 재단사로 일을 한다. 이런 상황에서 공부와 생계 중 하나를 선택하라라면 당장 생계에 보탬이 되기 위해 나 또한 공부를 포기하고 아버지의 말을 따라 경제 활동을 우선으로 삼을 것이다. 하지만 재단 보조, 미싱사, 시다 들이 그저 기계같이 쉬는 시간도 없이 일만 하는 모습을 보고 '우리는 기계가 아니다'라고 생각한다. 회사의 경영자들은 재단사부터 가장 아래 직급인 시다들을 그저 하나의 부속품, 톱니바퀴라고밖에 생각하지 않는데, 부속품들은 서로 연결되어 있기 때문에 하나라도 잘못되면 모든 것이 고장 날 수 있기 때문에 나는 그들이 중요하다고 생각한다.

　하지만 전태일이 일하는 평화시장의 공장들은 기계처럼 일을 시키고 한 명이 일할 수 없게 되면 가차 없이 해고한다. 이때부터 전태일은 노동자들의 권리에 대한 고뇌를 하고 '근로기준법'에 대해 조사하기 시작한다. 그때부터 약 50년이 흘렀지만 시대상은 바뀌지 않았다는 결론에 다다랐다. 당시에는 지금과는 다르게 누리소통망을 통한 빠른 정보 전달이 불가능했고 사회의 작은 문제에 예민하게 반응하며 신고나 법적 절차를 밟기보다 소극적으로 대처하는 경우가 많았다. 그래서 노출되지 않은 문제들과 열악한 처지와 대우는 개선되기 어려웠다.

　그런데 요즘에도 뇌물이나 사람들의 무관심을 이용해서 몰래 부당한 대우를 하는 것은 같다. 내가 봤던 만화 중에도 비슷한 이야기가 있었다. 명망 높은 학교의 학생인 자식이 따돌림당하지 않고 친구를 사귀는 것 같은 평범한 학교생활을 보내고 있을 것이라고 생각한 부모가 조사해 보니, 자녀는 학교폭력을 당하고 있고 학교는 무관심으로 대응하고 있었던 것이다. 그래서 복수하는 내용이다. 비록 부모 자식과 직원들이라는 차이가 있지만 비슷한 상황에서 나 같아도 화를 먼저 낼 것 같다. 그리고 소중한 동생이 우리 가족들을 위해 악착같이 일을 하는데, 졸지 않게 주사를 놓거나 작

업 환경에서 폐렴에 걸리는 등의 푸대접을 받는다면 화가 치밀어
올라 가만히 있지 않을 것 같다. 마음 같아서는 구타를 하고 싶지
만 그렇게 하면 나 역시 벌을 받기 때문에 합법적으로 가능한 방
법들을 어떻게든 찾아내서 벌을 받게 할 것이다. 하지만 그 장면을
목격하고 근로기준법을 찾아보는 전태일이 한없이 착하다는 생각
이 들었다.

　조영래 작가는 강자들이 약자들을 이용하기 위하여 사용하는
말들을 적었는데 '착실', '겸손', '온건', '성실', '적응성이 있다'라는
단어들이다. 평소에 내가 듣던 말들이지만 이 부분에서 나오는 것
과 내가 들은 것이 너무나도 다른 느낌을 주었기에 인상 깊었다. 내
가 들은 말들은 단어의 뜻 자체를 의미하지만 여기서 나오는 것들
은 회유하기 위한 허울뿐인 것임을 느꼈기 때문이다. 그래서 같은
뜻의 단어여도 어떤 상황에서 사용하느냐에 따라 다른 의미를 전
달할 수 있다는 것을 매우 실감했다.

　전태일은『근로기준법』을 자신의 부족한 지식으로 이해하기 위
해 하루를 꼬박 새우며 한 장을 읽어 낸다. 중·고등학교의 재학 기
간은 총 3년밖에 안 되지만, 생각한 것을 이뤄 내기 위해 노력하는
모습이 나와 정반대의 성격이라고 느꼈다. 나는 매일 아침 알람을
듣고 일어나기는 하지만 금세 다시 자 버린다. 조금만 더 자도 일
정에는 아무 지장이 없을 거라는 생각을 하며 말이다. 만약 전태일

이 이런 내 모습을 보고 있다면 당장 멱살을 잡고 "어서 일어나! 당장 움직여." 등 많은 잔소리를 했을 것이다. 느긋하게 안주하는 나와 어떻게 해서든 자신의 신념을 저버리지 않는 전태일은 평화시장의 지배자와 피지배자의 관계 같다는 생각도 들었다. 가진 자가 없는 자를 부리며 권리는 실종되었기 때문이다. 책 속의 표현을 빌리자면 그는 '세상이 하나의 인간이 하나의 인간을 비인간적인 관계로 상대하고 있다'고 본다. 인간을 물질화하여 돈 있는 자들은 없는 자들을 자신의 도구로 본다는 것이다. 이것은 현재까지도 이어져 오고 있다. 뉴스와 기사에서 자주 등장하는 '갑질'이 가장 대표적인 예시인 것 같다.

책을 읽고 나서 한 가지 궁금증이 생겼다. '어째서 전태일은 다른 방법들을 내버려 두고 분신 자결이라는 잔인한 행동을 선택했을까?' 아마도 평화시장 내에서 진행한 자체 설문조사를 기자에게 전해 주고서야 노동자 문제가 알려진 것처럼 여러 사람에게 큰 이슈가 될 만한 기삿거리를 떠올리다가 분신 자결을 택한 것 같다. 불에 타고 쓰러진 후 전태일은 어떤 생각을 했을까. 죽음이 다가오고 있는 와중에도 자신의 외침이 잘 전달되었을지 신경 쓰거나, 앞으로 개선되어 더 나은 환경에서 일하고 있는 아이들의 모습을 상상했을 것 같다. 시다, 재단 보조, 미싱사로 일하면서 여동생 또래의 아이들의 처참한 모습을 두 눈으로 똑똑히 보았기 때문이다. 현재 내 나이 열아홉이고 전태일이 사망할 때의 나이는 스물두 살로 얼마 차이 나지 않는다. 그럼에도 어른보다 더 어른스러운 행동들을 한 그는 그 자리에서 죽지 않고 더 살아가며 동료들과 함께 만든 사회에서 정당한 대우를 받아야만 했고 더 나아가 행복한 삶을 영위할 자격이 있는 사람이었다. 노동자들의 권리를 위한 운동가이기 전에 학구열 넘치는 학생, 가정을 생각하는 장남, 재미있는 친구였던 평범한 사람이기 때문이다.

제19회 전태일청소년문학상 수상작

한국작가회의 이사장상

시 부문 / 임소진(고양예술고등학교 3학년) · 지박령 통조림 외 2편

산문 부문 / 이예나(서울삼성고등학교 3학년) · 껌 벽 시위

독후감 부문 / 최혜연(정의여자고등학교 2학년) · 삶과 앎

임소진
지박령 통조림

들어오는 볕에도 아픈 달
깨지지 않은 창은 증거가 될 수 없었다
삐걱거리는 문, 익숙한 역에서의 추위

오늘 나는 어떤 안내도 받지 않고
입을 닫을 것이다 카드를 찍는다

2호선을 타고 미래로 가는 것
부자가 되는 방법은 의외로 간단하다

노선도를 눈으로 따라간다 지하로 뻗은 혈관, 최저임금을 받아
도 좋다 백 년 후로 가면 대충 5,837만 원… 천 년이면 1퍼센트 단
리여도 억이 가뿐히 넘는데

유모차에서 무덤까지, 하나의 지하철 전 지구적 지하철 눈 붙일
자리도 앉을 자리도 없어서 열차 안을 계속 걸어갔다 계좌가 적힌
종이를 나눠 주는 잡상인 트로트를 듣지도 찬송가를 부르지도 않
는 방랑자 덜컹거리는 차체에 맞춰 굴러가는 통조림

다른 사람들처럼 한숨을 내쉬고 눈치를 보고 시간을 확인하며

아무리 빠른 지하철에 타고 있어도 그 안에서는
내가 걷는 속도로만 나아갈 수 있다는 걸 너무 늦게 알았다

이상하네
미래로 너무 천천히 달리고 있다 앞차와의 간격을 조정하는 중
인 걸까 숨을 쉴 때마다 돈도 시간도 나가는데, 의심스럽게 손을
뻗으면 손가락에 닿아 얼어붙는 뉴스 기사

만 년이 지난 꽁치 통조림 속에는 얼마나 많은 시간이 압축되어
있을까 사랑을 돈으로 사면 만 년어치인 걸까 창문 밖으로는 이전
세대의 불빛 그 위를 덮는
이번 세대의 불빛 통장에 천 원밖에 없지만 연 3퍼센트 월복리
에 3백 년 후면 세후 6,778만 원인데… 비릿한 사랑을 생각하며 졸
기 시작한다

계절이 변하지 않고 햇빛이 닿지 않는 통로를 걸으며 내가 지박

령이 되는 꿈을 꾸기도 하고

   지긋지긋할 때마다 욕을 한다면 어떨까 그 욕이 아무 뜻도 없어
질 때까지 멀쩡한 차체라면 사랑보다 얼마나 비쌀까 계산해 보기
도 했지만

   오늘 종점은 지저분하고 아무것도 보장할 수 없다 땀이 많은 날
두꺼운 코트를 입고 잘못한 것을 고민해 보지만 주변이 시끄럽다

   우리가 사라지고 나면
   외계인들이 불빛 사이로 열차를 들어 올리며 말하겠지

   이것이 지박령 통조림이라고

작전명 설탕과일

각오는 달콤할수록 생존 확률을 높입니다
각자 다른 주장을 외치지만 똑같이 번거롭죠
단단한 마음에 꼬치를 꽂으면 쏙, 들어가고
의외로 수월한 진입

무식하게 휘젓는 사람들, 규칙 없이
오목한 냄비 안에서 섞이는 친구들
모르는 손을 타고 올라가
플랜 B를 시도하려는 어떤 무리

순서를 기다리는 얼빠진 표정이나
있었는지 당신조차 잊어버린 머리카락
어떻게 좀 해 보라니까요

잘 끓었나 살피고요
진한 피도 귀하지만 돈보다는
다짐을 더 좋아합니다

작전이 이게 아닌가, 이상하다
상황을 믿지 못하는 흐물한 것들은
입을 벌리고 몸을 던져요

너무 투명해서 깨져 버린 거예요?

괜찮은 것들은 눈으로도 확인 가능해요
완벽에 가까운 성공을 원했으면
잼 따위가 나왔을 텐데 어쩌자고

언제나 일정하기 위해서
러브 앤 피스, 친구들과 같이 구경하는 파티
쉬지 않고 울리는 벨 소리
슈거로우를 위해… 모든 인간의 망설임을 위해…

얼음들 사이에서 설탕들은 함께 굳어요
모든 방향으로 단단하게

우리는 달고 잘 깨지지만 흩어지지는 않아요
이에 달라붙어 서로를 빠르게 옮길 거예요
계속 만들고 찾고 고민하고 새로운 이름을 붙여 주고
나를 키운 건 소문이라니까요
흔들리는 팔 떨리는 눈빛

후퇴는 없으니 꼼꼼하게 닦아야 할 거예요
많은 사람들이 호기심을 사랑하죠 단지
뉴스에 나오지 않을 뿐, 더 큰 사건을 위해
부드럽게 뽑아 먹어요 우리를
침투할 수 있게 해 줘요

부수고 파헤치는 백색의 가루 투명하고 반짝이는
날카롭고 뜨끈한 침샘

이것이 우리의 카르텔

선생님, 부르면 뭐라고 대답할까 그게 선생님이라는 직업과 상관이 있을까

전화가 울렸어
흔들리는 연기를 쫓아가 교실에 닿았어
종이로 접은 비행기를 날렸어
바람이 불고 꿈결같이 일었어

할 말이 없다고 썼다

세기 어려울 정도로 자주 떠올렸던 순간을
떠올리고 또 떠올렸어
칠판 앞에 서서 수십 개의 눈동자를 마주할 때
사실은 간절히 원하던 꿈이었어
빛을 잃기 위해 시간이 흐르기만을 기다렸어
오래 기다리지는 못했어 나는 어길 수도 없었어

슬퍼하는 자에게 복이 있나니*
저희가 영원히 슬플 것이요

손이 당겨졌고 무언가 쏘았다

누군가 맞았다고 화를 낸다
누구는 울고 누구는 소리를 지른다
누구는 죽이고 누구는 죽는다

아무것도 없다고 쓴다

전화가 울렸어
흔들리는 연기를 쫓아가 교실에 닿았어
종이로 접은 비행기를 날렸어

끝은 아직 보이지 않지만
소음이 좋아서 모르는 척 웃었어
밤은 무척 길겠지만
안개가 모두 걷히고 나면 지친 몸을 끌어안아
젖은 일기장을 남겨 두면
물고기가 잡힐까 궁금했지 물었어

어길 수도 없어서 나는

더 멀리 내가 아닐 때까지
더 빨리 내가 아닐 때까지
더 이상 내가 아닐 때까지

흐르는 물이 되어 빛을 숨기고
낮이 무엇인지 모르도록 씹는다 내가 아닐 때까지
흩날리다가 뭉쳤다가 구르며 다들 지켜보라고
잃어버린 빛들이 모여 있지만 드러나도
무지개는 될 수 없다고

부르면 네, 하고 뛰어오는 기억들
있었는데 뛰지 못하는 기억들
어디로 어디로 갈까
이제 나는 없다고 쓴다

전화가 울렸어
흔들리는 연기를 쫓아가

교실에 닿았어

너의 복을 빌어 주려
내가 영원히 슬플게

쏘았다

* 윤동주의 시 「팔복」에서 따옴.

껌 벽 시위

이예나

껌은 질깃하고 단물이 다 빠져 밍밍한 맛이 났다. 그럼에도 나는 껌을 계속 씹었다. 아주 느리게. 그리고 잇몸이 쑤시도록 세게. 분노를 담아 껌을 씹는 일은 생각보다 높은 집중력을 요했다. 바리스타의 짜증스러운 얼굴을 떠올리며, 그 특유의 나 때는, 나 때는 말이야, 하는 징그러운 말버릇을 상상해야 했다. 그 개불 같은 입에서 튀어나오는 침과 잔소리란. 생각하니 구역질이 나올 것만 같았다. 꼰대질이라면 전문가 수준인 우리 바리스타. 하도 '나 때는' 해서 라테는 왜 자꾸 찾는 건가 싶어 바리스타라는 별명도 붙여 주었다.

나는 그를 생각하며 가끔 풍선을 불기도 했다. 그리고 분노를 담아 뻥, 하는 소리와 함께 터트렸다. 슬슬 단물 빠진 껌이 입안에서 딱딱하게 굳어 갔고, 뱉었다. 그러면 옆에 있던 2명도 따라 뱉는다. 우리의 작은 규칙이었다. 셋 중 하나가 뱉으면 같이 뱉기. 껌은 어떨 때는 벽에 착 붙었고 어떨 때는 바닥에 떨어졌다. 껌이 떨

어지면 우리는 늘 껌을 주워 손가락으로 벽에 꾹 눌러 붙였다. 이
건 우리만의 작은 시위이자, 스트레스 해소법이기도 했다.

　아무리 생각해 봐도 기계과에 온 것은 잘못된 판단이었다. 이왕
특성화고등학교에 진학해서 일찍이 돈을 벌 거면 조리 쪽이나 미
용 쪽도 있을 텐데. 그러나 중학교 3학년 때의 나는 그런 팔자 좋
은 고민을 할 여유조차 없었다. 엄마가 아픈 몸을 이끌고 꾸역꾸역
식당 일을 나가는 것을 더 이상 보기 힘들었으니까. 내가 태어나기
도 전에 돌아가신 아빠는 생전에 공장에서 기계 관련된 일을 하셨
다고 했다. 아빠를 닮은 한 톨의 재능이라도 있나 싶어 기계과에
진학했지만, 결론적으로 나에게는 기계를 다루는 것에 대해 단 1
퍼센트의 재능도 없었다. 모든 전문적 용어가 어려웠고, 까딱하면
손가락 하나 정도는 쉽게 잘려 나간다는 사실이 무서워 학교 실습
시간에도 번번이 지적받았다.
　학교생활에 전혀 적응하지 못한 나를 도와준 건 히로와 연정이
었다. 히로는 학교 학생들 내에서도 기계에 대단한 열정을 가진 아
이로 평가받았다. 한국과 일본, 이중 국적이었기에 히로의 부모님
은 일본에서 고등학교를 진학할 것을 권했으나 히로는 산업기술
쪽이 더 발달한 우리나라에 남고 싶다고 고집했다. 히로는 부모님
이 허락은 해 주셨지만, 여전히 걱정이란 걱정은 다 하고 계시기
때문에 하루빨리 좋은 곳에 취직해 자신을 증명하는 게 목표라고
말하곤 했다. 그에 반해 연정은… 상당히 의욕이 없는 편이었다.

자신의 의지로 공고에 진학한 것이 아니기에 처음에는 항상 멍한 표정의 아이였지만, 자신에게 주어진 일 하나만큼은 최선을 다했다. 나중에 알게 된 사실이지만 연정은 인문계 고등학교에 진학할 성적이 되지 못했다고 한다. 그에 한하여 자기 발전이니 성공이니 하는 키워드는 전혀 쓸모가 없었다. 오로지 우정, 즐거움, 추억만이 그의 인생 가치를 증명해 주었다.

어찌 되었든 같은 학교, 같은 과에서 만나게 된 우리는 3학년이 되자 자동차 부품을 만드는 한 공장으로 실습을 나가게 되었다. 실습 초기만큼은 우리의 열정이 어디에도 뒤지지 않았다고 자신할 수 있었다. 학교에서 잠만 자던 연정이조차 실습 현장에서만큼은 사뭇 진지하게 임했으니까. 그러나 우리는 결과적으로 학교에서 배운 지식을 단 하나도 써먹을 수 없었다. 우리는 첫날부터 기계 잔해물 치우는 법, 대걸레와 빗자루의 위치 등을 배웠고, 커피까지 타 나르게 되었다. 그 누구도 우리에게 제대로 된 일을 시키지 않았다. 그리고 그 공장 안의 모든 사람들은 그게 당연하다는 반응을 보였다. 내가 그곳에서 일주일 동안 가장 많이 들은 말은 "막내 이거 좀 치워라!"였다.

그러면서도 작업반장은 말이 많았다. 그들은 우리가 쉬는 시간에 사소한 잡담이라도 나누고 있으면 쉬는 시간에 하나라도 더 배울 생각을 하지 쉴 생각을 하냐며 철이 없다고 비아냥거렸다. 거기다 업무와는 전혀 상관없는 얘기들도 많이 듣곤 했다. 블랙커피로 타 와라, 대걸레가 너무 미끄럽다, 회식 장소 좀 센스 있게 골라 봐라….

그러던 중 우리는 처음으로 업무와 관련된 일을 배우게 되었다. 바로 범용 밀링으로 자잘한 부품을 만드는 일이었다. 그러나 우리는 이 일을 배우면서 전혀 기쁘지 않았다. 첫 번째로 이 일은 학교에서도 익히 해 본 작업이며, 그만큼 난이도가 쉽고 귀찮고 번거로운 일에 속했다. 두 번째로 이 일을 시키는 작업반장이란 사람의 태도가 매우 기분 나빴다. 그는 어어, 대충 알지? 잔머리 쓸 생각 말고 해. 불량 나오면 개수대로 학교에 보고할 테니까,라는 말을 남기곤 그대로 사라졌다. 수량조차 듣지 못한 우리는 그날 내내 부품을 깎았다.

그래서 우리는 고민하기 시작했다. 분명히 우리가 받는 처우는 이때까지 선배들에게서도 들어 본 적 없는 최악의 사례였다. 우리는 윗선에 얘기하려고 했지만 다 똑같은 작업복을 입은 사람들 중 누가 어떤 직책인지도 몰랐고, 그나마 제일 윗선인 작업반장, 일명 바리스타는 아예 논외였다. 게다가 어찌어찌 윗선을 찾아 이른다고 해도 일이 틀어지면 우리는 바로 실습에서 잘리고 각자의 꿈과 미래에 차질이 생길 게 뻔했다.

며칠간 머리를 싸맨 끝에 우리는 결론 내렸다. 공장의 뒤편, 폐기물 쓰레기장 근처의 외벽에 씹던 껌을 뱉기로. 우리가 온 뒤로 공장의 폐기물 쓰레기를 치우는 일은 모두 우리 몫이었다. 바꿔 말하자면 아무도 쓰레기장 근처에는 오지 않는다는 말. 이 천재적인 아이디어는 히로의 공이 컸다. 조용하게 우리만의 역사를 만들자던 히로는 이게 별거 아닌 것처럼 보이지만 쌓이다 보면 의미가 생길 거라며 눈을 반짝였다.

그거 미국 껌 벽 표절 아니냐. 한참을 듣고 있던 연정이 실실거리며 웃었다. 공부 빼고 모든 분야에 잡지식이 풍부한 연정이었다. 껌 벽은 100만 개 이상 붙여져 있다는데, 자신 있어? 나만 모르고 있던 사실이었지만, 이 천재적 아이디어는 이미 미국이 원조라고 했다. 사람들이 심심풀이로 벽에 붙였던 껌들이 100만 개가 넘어 랜드마크가 되었다나, 뭐라나. 어쨌든 더러워 보이지만 시간이 흐르면 역사가 생긴다는 것이었다. 그러면 의미가 생기는 것이고 말이다.

오늘도 우리의 바리스타는 자잘한 부품이나 몇 개 만들어 오라고 시켰고, 덤으로 오랜만에 공장이나 한번 싹 쓸고 닦으라고 했다. 오랜만은 무슨. 매일 하는 짓거리가 청소밖에 없는데. 대걸레를 마주할 때면 이젠 한숨부터 나왔다. 내가 도대체 여기서 뭘 배워 가야 한다는 거지. 더럽고 치사한 사회의 쓴맛이라면 이미 충분히 배운 것 같은데. 대걸레를 빨고 있는 히로와 연정의 표정을 보니 얘네의 생각도 별반 다르지 않은 듯했다. 배우는 것 없이 육체노동만 하고 있으니 나날이 피로도만 쌓여 갔다.

한참 쓰레기통을 비우고, 바닥을 닦았다. 바쁜 걸 뻔히 알면서도 굳이 커피 심부름을 시키는 바리스타 덕에 커피도 탔다. 커피를

타 가는 김에 우리 것도 타 마셨더니 어김없이 바리스타의 잔소리
가 날아왔다. 이것들아. 니네 비정규직이야, 비정규직. 그런데 겁
도 없이 커피를 막 타 먹어? 바리스타는 하루에 커피를 열 잔도 넘
게 마시는 주제에 우리가 한 잔 가지고 나눠 먹은 것에 대해서는
거품을 물었다. 우리는 그냥 대들어 버리고 싶은 마음이 컸지만,
이 바닥은 생각보다 좁았고 우리가 할 수 있는 일이 없었다. 그렇
기에 우리는 오늘도 참았다. 머릿속이 뜨거워지는 것이 느껴졌다.
도대체 내가 여기서 커피나 타면서 이 인간의 비위를 맞춰 줘야 하
는 이유가 뭘까. 돈이 없어서? 빨리 취업해야 해서? 나이가 어려
서? 그 어떤 질문에서도 답은 찾을 수 없었다. 그저 껌을 씹고 싶
다는 생각이, 그렇게 해서 이 사람에 대해 느긋하게 분노하고 싶다
는 생각만이 들 뿐이었다.

　　오랜만에 마주하는 고소함이었다. 우리는 사람이 별로 다니지
않는, 공장 근처 공원 정자에 자리를 잡았다. 히로가 종이상자를
열자 잘 튀겨진 닭이 우리를 맞이했다. 마침 저만치에서는 연정이
까만 비닐봉지를 휘둘리며 다가오고 있었다. 미친놈아, 터진다고.
나는 허겁지겁 연정에게서 비닐봉지를 받아 들어 안의 내용물을
꺼냈다. 과일 하이볼 두 캔, 맥주 세 캔, 소주 두 병. 셋이 마시기에
너무 많지도 적지도 않은 양. 딱 좋았다. 우리는 먼저 술을 따 마셨
다. 연정이가 너무 흔들어 댔는지 목 넘김이 그다지 상쾌하지 않았
다. 그래도 적당히 불어오는 바람과 치킨, 연정의 담배는 우리의

치맥을 즐기기에 더할 나위 없이 좋은 조건들이었다.

　우리는 이렇게 가끔 나이가 많아 보이는 연정을 이용해 치맥을 즐겼다. 이때만큼은 담배도 좀 피웠지만, 많이 피우진 않았다. 우리는 주로 껌을 씹었다. 껌을 씹는다는 건 뭔가 자유로운 느낌이었다. 미국 하이틴 드라마 남자 주인공이 껌을 씹으며 하루를 시작하는 그런 느낌이랄까. 이때만큼은 우리도 야, 너, 막내가 아닌 그저 평범한 고등학생이 된 느낌이었다. 껌을 씹으면 항상 우리는 입이 자유로워졌고 말이 많아졌다. 정말 가끔 누릴 수 있는 순수한 즐거움이었다.

　바리스타는 우리를 양아치 새끼들이라고 부르지만, 우리는 각자 나름의 목표와 꿈이 있었다. 히로는 부모님께 인정받기, 연정은 뭐라도 하나 열심히 하기, 나는 일찍 취직해 엄마의 부담 줄여 주기. 우리는 술기운이 올라오면 늘 송현의 얘기를 했다. 채송현. 게임에 빠져 무단결석을 90일이나 박은 놈. 우리는 목표가 뚜렷한, 말하자면 될 놈들인데. 채송현 개는 어떻게 살려고 그러지. 나는 그런 말을 하며 실실 웃었고 연정과 히로는 같이 웃으며 동조했다. 공부 좀 못하면 어때. 꿈도 있고 젊음도 있고 미래도 있다! 맨날 젊은 시절만 찾는 어떤 꼰대와 다르게! 연정은 머리 꼭대기까지 취하면 항상 저런 식으로 고래고래 소리치곤 했고 그러면 우리는 슬슬 집에 갈 준비를 했다. 더 취하면 저 거구를 옮길 사람이 없기에.

　"이 쓸모없는 양아치 새끼! 거봐, 너 같은 새끼들은 할 줄 아는 게 아무것도 없단 말이야!"

바리스타가 악쓰는 소리에 귓가가 멍해졌다. 저 꼰대 놈, 요즘 따라 저기압이더니 언젠가 터질 줄 알았다. 히로는 고작 밀링의 설정값을 실수했을 뿐이었다. 대량 생산을 한 것도 아니고. 고작 두어 개 실수한 거 가지고 사람의 쓸모까지 논하다니. 작업반장이 아주 벼슬이고, 신이었다. 점점 어두워지는 히로의 얼굴을 보며 한성격 하는 연정의 표정이 구겨지고 있었다. 나는 대걸레를 빨러 가며 연정에게 눈짓을 보냈다. 함께 화장실을 가자는 신호였다. 연정은 당장이라도 바리스타에게 달려가 한 대 칠 기세였다. 그것만은 막아야 했다.

연정은 우리가 왜 이런 취급을 받아야 하냐고 울먹였다. 항상 강인한 연정에게서 좀처럼 찾기 힘든 모습이었다. 그 애는 화장실 바닥에 주저앉아 훌쩍였다. 우리는 입 밖으로 꺼내지 않았지만 둘 다 느꼈을 것이었다. 그 자리에 히로가 아닌 우리 둘 중 아무나가 있었어도 이상하지 않았을 거라는 걸. 나는 말없이 연정의 옆에 주저앉아 비참함을 삼켜야 했다. 화장실에서 나오니 화풀이는 끝나 있었고, 우리는 밀링의 철 찌꺼기를 치우고 있는 히로에게 껌이라도 씹으러 가자고 했다. 조용히 공장 뒷문으로 빠져나가려는데, 어디선가 짝 짝 하는 소리가 들렸다. 뒤를 돌아보니 바리스타가 껌도 씹고, 우리도 씹고 있었다.

하여간 젊은 놈들은 일할 때 열정이 없어, 열정이. 몰려다니면서 껌이나 씹으러 다니고 말이야. 바리스타는 우리에게 일할 때 껌

씹다 걸려 보기만 하라며 으름장을 놓았다. 아주 불량스러워 보이지 못해서 안달이 난 놈들이야. 쯧. 나는 저 불어 터진 입술을 확 터트려 버리고 싶었다. 우리가 놀 때 껌을 씹는 것과 일하며 껌을 씹는 이유는 확연히 달랐다. 졸지 않기 위해, 그리고 양치할 시간도 안 줘서 구취가 나는 것을 막기 위해 씹는 것을 그는 그저 불량해 보이기 위해 씹는다고 치부해 버리는 것이었다. 나는 주머니 속의 껌 통을 꽉 쥐었다.

홀로 씹는 껌은 맛이 없었다. 분명히 단맛이 나는데 달지 않았다. 바리스타는 그날 일 이후 우리가 무리 지어 나가는 시늉이라도 할라치면 곧바로 호통을 쳤다. 나는 매일 이를 부득부득 갈아 대며 버텨야 했다. 배우는 건 하나 없고, 의지할 친구는 갈라져 버렸고, 이대로 철 찌꺼기나 치우며 의미 없는 나날들을 보내야 한다고 생각하자 끓어오르는 분노를 참을 수가 없었다. 대체 언제까지 이 짓을 해야 할지 몰랐다. 이 짓을 끝내고 나면, 취직하는 곳은 이곳과 다를 거라는 보장이 있나. 거기는 제2의 바리스타가 있을지도 모르고, 이게 실습이 아닌 취업이었다고 생각하면 나는 먹고살기 위해 이 짓을 죽을 때까지 해야 하는데. 점심시간도 보장되지 않는 삶을 평생 살아가야 한다고 생각하니 잠시 눈앞이 흐려지는 것만 같았다. 나는 어금니를 부술 듯한 기세로 껌을 씹다 신경질적으로 벽에 뱉었다.

우리는 갈라졌지만 서로를 만나지 못한 새에 각자 열심히도 껌

을 씹어 댔는지 벽은 온통 알록달록해져 있었다. 이 알록달록한 인
내들은 우리만이 알고 있는 것이었다. 우리가 얼마나 힘들게 일했
는지, 어떤 시간을 함께 보내고 버텨 왔는지가 색색의 껌이 되어
벽에 말라붙어 있었다. 100개도 넘을 것 같은 껌들을 보고 있으니
쓸쓸하기도 하고 한편으론 화도 났다. 마치 눈앞의 껌들이 내 안에
도 달라붙어 있는 것 같았다. 질척거리고 끈적한, 내가 절대로 벗
어날 수 없는 무언가. 그 무언가를 사회에서는 절대 이해해 주지
않겠지. 사회에 이 껌 벽을 보여 주기라도 한다면, 그런 대우를 받
지 않기 위해 좋은 대학교에 갔으면 될 일 아니냐고 할 것이었다.
결국 이 껌 벽은, 아니 우리의 슬픔은 영원히 우리들만의 것이었
다. 쓸쓸한 마음을 달래고 돌아서려던 순간 비명 소리가 들려왔다.
귀에 익은 목소리였다.

　다급히 공장의 뒷문을 열고 들어가자, 그곳에는 손을 부여잡고
주저앉아 있는 연정이 있었다. 연정의 손 주변은 피가 흥건했고,
그 피가 바닥까지 적시고 있었다. 나는 연정에게 뛰어가 괜찮냐고
물었지만 연정은 짧은 신음만을 낼 뿐 대답도 하지 못했다. 뭐지,
뭐에 다친 거지. 주변을 샅샅이 훑어보다 연정의 뒤에 있는 기계가
눈에 띄었다. 범용 선반이었다. 범용 선반은 전문 지식이 없으면
만질 일조차 없는, 그야말로 전문가들을 위한 기계였다. 깎인 칩이
튀면 스쳐도 어디 하나 잘리는 수가 있다던 그 기계. 이젠 CNC 선
반이 상용화되어 볼 일 없을 거라던 그 기계가 연정의 뒤에 버젓

이 서 있었다.

　당연히 연정이 그 기계를 스스로 다뤄 보겠다고 나설 이유는 하나도 없었고, 설령 그랬다고 해도 누군가는 말렸어야 마땅했다. 당장 구급차를 불러야 할 상황에 바리스타는 연정의 옆에서 발만 동동거리고 있었다. 다급하게 아무나 구급차 좀 불러 보라니까! 하고 소리치는 바리스타의 입에서 씹던 껌이 떨어졌다. 쪼글쪼글해져 바닥에 붙은 껌은 꼭 우리 같았다. 작업장은 바리스타의 격양된 목소리를 빼면 아무 소리도 들리지 않았다. 119에 신고하는 목소리, 연정에게 다가오는 발소리, 하다못해 우리를 향한 수군거림까지 모두. 작업장은 누가 물이라도 끼얹은 듯한 분위기였다. 이내 상황을 보던 작업자 한 명이 돌아가 다시 기계를 가동했고, 우웅— 하는 소리와 함께 모든 사람들은 자신의 자리로 돌아갔다. 그들은 피를 흘리는 연정에게도, 바닥에 떨어진 껌에도 관심을 주지 않았다. 기계들이 웅웅 대는 소리와 함께 우리는 바닥에 말라붙어 가고 있었다.

　모두가 퇴근한 뒤에도 나는 집에 가지 못했다. 나는 우리가 만들어 둔 껌 벽 앞에 서서 무력감과 허탈감, 막막함 등을 여실히 느끼고 있었다. 너무 깊은 좌절에 빠져 있던 탓일까, 나는 바리스타가 내 쪽으로 다가오는 것도 눈치채지 못했다. 바리스타는 내가 깜빡하고 버리지 못한 쓰레기통을 들고 있었다. 그는 껌 벽을 보더니 노발대발하며 버리라는 쓰레기는 안 버리고 그동안 이딴 더러운

거나 만들었냐고 소리쳤다. 더러운 거. 우리의 기록은 더러운 것이었나. 그는 나에게 이것도 기물 파손에 해당한다며 법적 책임을 물게 하겠다고 협박했다. 아까 낮에 신고 좀 하라며 쩔쩔매던 사람과 같은 사람이라고는 도저히 믿을 수 없을 정도로 오만한 태도였다. 그는 그것뿐만이 아니라 앞으로 동종 업계에 발을 붙일 생각은 꿈에도 못 할 줄 알라며 쯧, 하고 혀를 찼다. 그때까지만 해도 나는 아무 생각이 들지 않았다. 내 머릿속에는 손을 부여잡고 주저앉아 있던 연정이 느린 화면으로 끝없이 재생되고 있었다. 피가 흥건한 바닥과 무표정으로 다시 기계를 돌리던 사람들. 나는, 나는 그 사람들이었으면 어떻게 해야 했지. 나 또한 그렇게 되는 건가. 내가 그 사람들을 원망 섞인 눈으로 바라볼 자격은 있나. 애초에 우리는, 뭘 할 수 있었던 걸까. 그는 멍한 내 표정이 겁을 먹어서 그런 거라고 생각했는지 잘 걸려들었다는 식으로 말을 이었다.

"이 바닥에서 계속 일하려면 신뢰, 신뢰가 중요하단 말이야. 무슨 말인지 알지? 그냥 서로서로. 오늘 본 모든 것들은 못 본 셈 치고. 무슨 말인지 알지?"

그 순간 나는 아이러니하게도 엄마를 떠올렸다. 분명 엄마에게 오늘 있었던 일을 말하면 엄마는 무슨 수를 써서라도 내가 다른 쪽의 일을 하게끔 만들 것이었다. 그러나 나는 그러고 싶지 않았다. 나에게는 더 이상 새로운 무언가를 배울 여유도, 의지도 없었다. 일을 마친 뒤 새벽에 들어와 앓는 소리를 내며 이부자리에 누운 엄마의 작은 등이 생각나 버려서, 그저 현실에 침잠하고 싶었다. 언젠가 실습을 나갔던 선배들에게 들은 적이 있었다. 이런 사고는 조용히 처리될 것이라고. 마치 없었던 일처럼. 어차피 현장 실습 오는 애들은 많으니까. 나 같은, 연정이 같은, 히로 같은, 우리 같은 아이들은 차고 넘치니까. 그 아이는 우리처럼 꿈과 목표가 있고, 자유를 꿈꾸고, 어른이 되기를 바라고, 또 아무것도 모를 것이었다. 열심히 일을 배우지만 배우지 못할 것이고 그러다 어느 날 버려질 것이었다. 다 닳은 부품처럼. 어찌어찌 공장에서 일어나는 일들을 못 본 척, 못 들은 척하며 살아남아도 그때는 이미 단물 빠진 껌처럼 메마른 사람이 되어 어린 고등학생 실습자의 사고에 고개를 돌려야만 하는 사람이 될지도 몰랐다. 그렇게까지 생각이 미치자, 나는 바리스타의 일그러지는 표정에도 불구하고 한마디 말조차 꺼낼 수 없었다. 나는 깨달아 버렸다. 내가 할 수 있는 일이 없다는 것을.

그날 이후로 일주일가량의 시간이 흘렀다. 나는 여전히 공장에 실습을 나갔다. 그리고 여전히 일을 하며 껌을 씹었지만, 벽에 뱉지는 않았다. 대신 삼키는 습관이 생겼다. 이곳에서는 껌을 씹어서도 뱉어서도 안 되니까. 삼킨 껌들이 내려가지 않고 어느 한 부분에 달라붙어 있는 것만 같았다. 연정은 역시나 조용히 사라졌고, 히로는 그날의 일을 마주한 뒤 트라우마에 시달리다 결국 부모님을 이기지 못하고 일본으로 떠났다. 하지만 나는 나갈 수 없었다. 잔인하게도 나는 연정의 핏물보다 엄마의 작고 야윈 등이 더 슬픈 사람이었다. 엄마에게는 아무 말도 하지 않았다. 그날의 일에서 달라지지 못한 건 나 하나였다.

가끔 학교에 나갈 일이 있으면 나는 많은 시간을 책상에 엎드려 있는데 썼다. 연정과 히로가 없는 학교는 나를 지독히도 외롭게 만들었다. 가끔 엎드려 있노라면 반 애들이 나를 신경 쓰지 않고 나누는 대화가 귀에 들리기도 했다. 개중 가장 많은 생각이 들었던 이야기는 매일 무단결석을 찍고 집에서 게임만 하던 채송현이 게임 방송 BJ가 되어 거의 준 연예인급의 유명 인사가 되었다는 소문이었다. 우리가 꿈도 미래도 없을 거라고 단언했던 그 애는 인터넷 속에서 쓸모 있는 존재로 인정받고 있을 터였다. 스스로 공장의 소모품이 되기로 한 나와는 다르게. 그 애는 부모님을 걱정시키지 않는 안전한 일을 하면서, 스스로 좋아하는 분야를 업으로 삼고, 그에 따른 수입도 톡톡히 벌어들이고 있을 것이었다. 모든 것이 나와는 정반대였다.

껌 벽은 철거되었다. 나는 바리스타가 이 일을 함구해 주는 대신 이때까지 붙인 껌들을 스크래퍼로 떼어 내기로 했다. 껌 벽에 붙은 껌을 차례차례 떼어 내면서, 나는 늦게나마 찾아본 껌 벽에 대해 생각했다. 껌 벽은 벽의 중요성을 해친다고 하여 2015년에 대대적으로 미국 정부에서 청소했으나, 관광객들이 계속 껌을 뱉어 다시 원상 복구되었다고 했다. 어쩌면 나는 이 자리에서 껌을 떼고 있는 N번째 사람일지도 모르고, 앞으로 N+a가 있을시노 모르겠다는 생각이 들었다. 앞으로 얼마나 많은 아이들이 이 공장을 거쳐 갈까. 그리고 얼마나 많은 아이들이 현실을 깨닫게 될까. 그 래도 나는 해 줄 수 있는 일이 없었다. 나 또한 힘없는 공장의 부품들 중 하나였으니까. 모른 척 기계를 작동하던 한 명의 작업자처럼.

그러나 불현듯 떠오른 생각은 내 무력함을 단번에 없애 버렸다. 내가, 내가 할 수 있는 일이 아직 있었다. 나는 다급히 호주머니를 더듬어 껌 하나를 찾아냈다. 그리고 씹었다. 늘 그래 왔던 것처럼 느리게, 분노를 담아서. 이가 뽑힐 듯이. 다른 점이 있다면 이번 껌은 바리스타를 위한 것이 아니었다. 세상과 나와 연정과 히로, 그리고 이때까지 공장을 거쳐 간 수많은 선배들과 앞으로 공장에 올 수많은 후배들을 위한 것이었다. 많은 실습생들은 세상에서 사라진 역사를 만들었다. 그리고 아마 앞으로도 만들 것이었다. 그렇다면 언젠가는 우리의 역사가 사라지지 않을 수도 있지 않을까. 미국의 껌 벽처럼, 세상에 알려질 수 있지 않을까. 만약 그때가 된다면 비로소 N번째 연정이의 손가락은 잘리지 않으리라. 나는 단물이 빠진 껌을 벽에 뱉었다. 추잡스럽게 치덕치덕 발랐다. 이게 내가 할 수 있는 마지막 저항이었다. 그렇게 우리의 시위는 끝이 났다. 껌은 씹다가 단물이 빠지면 뱉는다. 하지만 사람은 껌이 아니다.

삶과 앎

― 『전태일평전』을 읽고

최혜연

지난 8월 11일에는 아리셀 화재 참사 희생자들의 49재가 있었다고 한다. 어딘가에서 자꾸만 사고가 난다. 그 안에서 부서지고 사라지는 것은 고작 기계 부품도 아니고, 돈도 아니다. 사람이다. 거리가 깨끗하고 치안이 좋다는 한국에서, 이 좁은 땅에서 사람이 자꾸만 죽어 나간다. 돈이 없고 말이 통하지 않는다는 이유로, 절박한 건 그들이라는 이유로 최소한의 안전도 보장받지 못한 사람들이 죽어 가는 이곳은 한국이다.

전태일은 시다였다. '시다바리' 할 때 그 시다 말이다. 전태일의 시간이 가난이라는 말로 설명될 수 있다면, '시다'라는 직업은 그 고난을 모두 함축하고 있다. 전태일과 같은 미성년 노동자를 포함해, 삶이 절박한 수많은 사람이 그 당시 청계천 평화시장에, 각종 공장에 있었다. 열악한 노동 환경에도 불구하고 꿋꿋이 살아야만 했던 사람들이 그 모든 고통과 불평등을 견디며 그곳에 있었다. 그리고 그 안에서 전태일은 외쳤다. "우리도 고귀한 삶을 영위할 수 있는 사람이다." 그의 목소리에는 인간에 대한 헌신과 사랑, 깊은 애정과 연민이 있었다.

자신들도 사람이라는 외침은 얼핏 당연한 말처럼 들리지만, 그건 사람임에도 사람으로 여겨지지 않는 사람들이 우리 사회에, 바로 여기에 있다는 폭로이자 고발이었다. 구두닦이 전태일이 그러했고, 신문팔이 전태일이 그러했고, 또 시다 전태일이 그러했다. 그가 가져온 직업은 말하자면 열등함의 상징 같은 것으로 여겨졌다. 하지만 정말 그러한가. 구두닦이와 신문팔이와 시다에게 정말로 인간성이 부족한가. 무엇이 인간을 인간으로 만드는지, 사실 나도 자세히 알지는 못한다. 누구도 알 수 없을 것이다. 그렇지만 자신만이 아니라 이 세상을 함께 살아가는 타인을 위해 스스로의 몸을 불살랐던 1970년 11월 13일의 전태일이 다른 인간보다 열등하다고 말할 수 있을까? "근로기준법을 준수하라. 우리는 기계가 아니다! 노동자들을 혹사하지 말라."는 간절한 절규에, 그 불타는 몸에 들어 있는 사랑은 분명 존엄하지 않은가.

『전태일평전』을 읽으며 내가 또한 전율을 느꼈던 부분은 삶을 대하는 태도에 관한 것이었다. 전태일은 쉽게 체념하고 만족하지 않았다. 가난과 질병과 시련 앞에서도 인생에 굴복하지 않았다. 공부하고 싶다는 간절한 열망에도 불구하고 학교 교육을 받을 기회가 주어지지 않자, 그는 몇 푼 되지도 않는 석유곤로와 입던 바지를 팔아 통신 강의록을 받아 볼 정도였다. 이런 그의 모습에서 나는 하루하루 학원에만 의존하여 살아가던 무기력한 일상을 반성하게 되었다. 주어진 삶에 안주하지 않고 나아가는 모습, 지금과는 다른 내가 되겠다는 용기는 분명 인간만이 가진 존엄성일 것이다.

전태일 열사가 남긴 정신적 유산과, 그의 분신이라는 사건은 우리 사회에 큰 변화를 가져왔다. 전태일의 죽음은 단순한 개인의 죽음이 아니라 일종의 기폭제였다. 그는 자신을 불태워 노동자들의 인권 문제를 사회적으로 대두시켰다. 노동자들의 권리를 보호하는 법적, 제도적 변화가 바로 그 불꽃에서부터 시작된 것이다. 영웅은 한 집단의 가치를 대표하는 사람이다. 노동은 인간 생활의 뿌리라는 점에서 전태일은 우리 모두의 마음속에 살아 있는 영웅이며, 그의 이야기는 지금도 우리 세대의 사람들에게 용기와 희망을 준다.

산다는 것이 무언가를 알아 가는 과정이라면, 전태일의 삶은 말 그대로 불꽃 같은 앎이었다. 책에 있는 지식이 아니라, 칠판에 적힌 범위가 아니라, 말 그대로 삶의 복판에서 얻어 낸 앎 말이다. 그 삶은 지금까지도 우리를 살아가게 하는 값진 앎이다. 이곳에는 아직도 수많은 시다바리가 있다. 육체노동자뿐만이 아니다. 하루하루 열심히 일하며 살아가지만 자신의 권리를 보장받지 못하는, 자신의 목소리를 낼 수 없는 모두가 시다바리다. 그들의 세상을 보여 준 것이 전태일의 앎이고 전태일의 삶이다. 전태일의 희생이 헛되지 않도록, 우리는 그 시다바리들의 이야기를 들어야 한다. 그들의 이름을 불러 주어야 한다. 그들이 사람이라고 함께 외쳐야 한다.

전태일의 정신을 이어받는다는 것은 그런 일일 테다. 전태일, 그는 우리 모두의 가슴속에 영원히 살아 있는 불꽃이다.

제19회 전태일청소년문학상 수상작

사회평론사 사장상

시 부문 / 전영은(안양예술고등학교 2학년) · 양면 외 2편

산문 부문 / 김선호(고양예술고등학교 3학년) · 눈으로 가자

독후감 부문 / 홍지민(잠실중학교 2학년) · 청년 전태일이 품은 꿈

전영은

양면

#동물보다 더 짐승 같은

여름이 우거진 동물원 둘레길을 걷는다

지문과 입김이 고대 문자처럼 새겨져 있는 투명한 창
그 너머에 원숭이 한 마리가 두 발로 서 있다
원숭이의 털은 야생의 생기를 모두 잃은 채 버석거린다
유리 벽 너머 세상과 등을 진 채 구석에 앉아 있는 원숭이

톱밥 위에 떨어진 바나나를 향해 두 발로 뛰어가던 원숭이, 그
의 뒷모습은 부끄러움을 알지 못한 채 새빨간 엉덩이만 보인다 원
숭이는 손가락으로 발가락 사이를 후빈다 그에게 요구르트병 던
지면 껍질에 구멍 뚫어 마신다
　사람보다 더 사람 같다.

　그에게 손을 흔드는 내내 웃음이 멈추지 않아서
　나는 원숭이를 즐거움이라 불러 본다

즐거움은 나에게 등뼈를 보여 준다 산줄기 같은
살갗이 벗겨진 꼬리는 벌거숭이 산을 떠올리게 한다
그곳에는 즐거움의 친구들이 살고 있을까

먹이 시간은 끝났지만 나는 즐거움에게 땅콩을 준다
유리 벽 위, 두드리지 말라고 적힌 주의 표지를 두드린다

난 너를 보면 즐거운데, 너도 그렇지?
조약돌에 이건 장난일 뿐이라고 쓰고 던진다
즐거움을 보는 것이 나의 즐거움이다

즐거움은 구석에 몸을 접어 넣는다 사선에서
곁눈질하면 꼬리를 뜯어 먹는 즐거움이 어렴풋이 보인다

유리 벽 옆 철창을 붙잡고 흔든다
즐거움에게 나오라고 소리를 지른다

#사람보다 더 사람 같은

나는 때때로 유리 벽에 비친 내 모습을 본다
유리 벽은 곰팡이 같은 얼룩을 가진 원숭이를 보게 한다

인공 하늘을 밝히고 있는 전등에게도 잠시 눈을 감을 시간이 필
요하다고,

송곳니를 감출 수 있는 그림자를 원한다
하얗게 굳어 가는 배설물을 피해 발끝을 오므릴 공간이 생겼으
면 좋겠다

폐장 시간이면 구석에서 기어 나와 모래 위를 배회한다
동물원의 모래에는 야생의 숨결이 남아 있지 않다

관람객들의 발자국만 남은 동물원은 동물들의 하울링으로 가
득하다
나는 그제야 꼬리를 입가에서 떼고.

산줄기 같은 등뼈 베고 누워 눈을 감으면
밀림에 돌아온 듯한 기분이 들고
불 꺼진 사육장 속에서 하울링을 듣는 것이 나의 즐거움이다

#동물보다 더 짐승 같은

어느 날 다시금 즐거움을 보러 동물원에 왔을 때,

원숭이는 안쪽에서 쉬고 있어요
곧 다시 만나요

사육장 유리 벽 앞엔 기약 없는 약속만 붙어 있다

여기가 네 집인데, 너는 즐겁지 않았어?
지문과 입김이 사라진 창을 보며 나는 손을 흔들지 않는다

즐거움은 웃음 대신 풀 수 없는 수수께끼를 던졌고

즐거움이 떠나던 날
즐거움의 입가엔 즐거운 미소가 번졌을까

유리 벽을 사이에 두고
즐거움과 불행은 언제든 안과 밖의 위치를 바꿀 수 있고

양면성의 세계에서 우리는 서로의 안과 밖으로 존재한다
밖에서 흘러나온 웃음이 유리 벽 안쪽으로 쏟아지고 있다

피라미드

무역 센터가 건설되고 있다
인부들이 마대자루를 메고 경사로를 오른다
여름의 송곳니에 물린 태양이 흘러나오고
아지랑이가 철근 위에서 피어오르면
반듯한 석회 기둥도 일그러져 보인다

내 머릿속에서 건설이 계속 이어지고
인부들은 상상 속으로 모습을 감춘다

고대 이집트인들은 모래로 피라미드를 쌓고 있다
모래주머니를 손에 쥔 채 하늘에 닿고자 한다

이따금 모래 폭풍이 곡괭이 찍듯 어깨 위로 쏟아져도
돌 위에 돌을 쌓고 있다 견고하게
서로의 몸에 반쯤 걸터앉는 돌,
자신의 곁을 내어 주다 보면 구름 속을 볼 수 있다

죽은 사람의 집 한 채 완성되고

그러나 아무도 살지 못한다

파라오가 깨어난다
피라미드 아래 인부들은 천국의 문이 열리기만을 기다린다
왕이시여 아래를 내려다보지 마소서
저 밑에서 슬픔과 추악한 것들이 태풍과 홍수로 범람하고 있답
니다
더 높이 오르소서

욕망과 함께 나의 집도 그곳에 있다
올라간다는 말의 시작점이자 내려간다는 말의 종착점
계단 앞에 나는 서 있다
천국으로 오르는 쪽과 지옥으로 내려가는 쪽
그 사이에서 계단은 서로의 팔을 맞잡고 농담처럼 뻗어 있으니
어디라도 당도하기 위해 나는 계단을 탄다

딛던 발을 밀어내며 다음 칸에 온 영혼을 던진다
파라오가 구름을 뚫고 올라가는 것이 보인다
이제 나도 그의 발자국 위에 서 있다

버블버블

창문 너머는 비를 껴안은 먹구름처럼 온통 뿌옇다
창에 가까이 다가갔을 때 본 것,
안개 장막이 아니라 비누 거품이다

불쑥 튀어나온 손이 유리창의 모서리를 닦고
투명해진 모서리로 나는 유리 닦이 청소부와 눈이 마주친다
거품 속에서 우리는 말이 없다 어항 벽을 사이에 둔 물고기와
사람처럼

가느다란 밧줄에 용기를 매달아 놓고
자신이 만들지 않은 얼룩을 닦아 내는 그를 보면
내 등줄기에서 흐르는 식은땀이 부끄러워진다

그는 창문에 단단히 붙은 새똥을 긁어내고 있다
한자리에 오래 머무르던 것은 딱딱하게 굳을 수 있고
새똥이 그러하듯 그도 허공에 오랫동안 매달려 있다
새똥과 그는 서로의 단단함을 겨룬다
그는 창문 가까이 몸을 붙여 보지만

가까이 다가온 거리만큼 다시 멀어지고 근심을 받쳐 줄 바닥, 그
에겐 없다

나와 그 사이에 세워진 유리창이 하나였던 세계를 둘로 가르고
우리는 각자의 바닥 위에 있다

나를 둘러싼 한 평 바닥 조금 떼 내어 그에게 주고 싶다는 생각
마음에 작은 통로를 만들어 그를 초대하고 싶다

유리창 청소부는 결국
새똥을 떼어 내지 못하고 한 층 아래로 내려간다
그가 있었던 자리에는 이제 팽팽한 줄 한 가닥만이 남아 있는데
아무리 발을 휘저어도 그는 땅의 촉감을 느낄 수 없을 것이고
허공은 그의 어깨를 짓누르고 있겠지

줄을 보다 보면 두 발로 멀쩡한 바닥을 밟고 있으면서도
휘청거리며 사람들에게 기대는 내 중심이 안쓰럽게 느껴진다

그가 땅에 도착했을까?
밧줄은 눈앞에서 사라진다

나는 그가 사라진 자리를 향해 손 뻗어 보지만
유리창 안쪽에는 내 손바닥 자국만이 남는다

비가 내리기 시작한다
유리창의 새똥이 희미해진다

손바닥 자국이 선명해진다

눈으로 가자

김선호

여름이 녹진하게 달라붙는다. 피부에 비닐 랩을 감은 것 같다. 땀으로 감긴 피부가 미끈거린다. 햇빛에 반사되어 더욱 번들거린다. 하마가 된 것 같다. 땀의 랩 위에 습기가 다닥다닥 달라붙어 있다. 안에는 땀, 밖에는 습기. 전부 증발하지 않고 살갗에 스며든다. 습기와 땀을 교환하는 것도, 그 과정에서 열을 방출하는 것도 불가능하다. 여름의 강압적이고 일방적인 기부. 녹은 아이스크림으로 샤워를 한 것 같다. 갑자기 하늘이 우중충해진다. 차라리 비가 오지. 이렇게 습할 거면 비가 오지. 하얀색을 바탕으로 먹색이 살짝 섞인 구름이 얇게 하늘을 가렸다. 나는 습기를 잔뜩 먹어 무거워진 몸을 이끌고 집으로 향했다.

전봇대가 있는 골목의 오른편으로 돌면 빨간 아스팔트로 덮인 오르막이 나온다. 이곳의 오르막은 길고, 또 경사가 급해서 계단 모양으로 이루어져 있다. 오르막, 평지, 다시 오르막. 인도는 없고, 아스팔트 위에는 차선을 가리키는 흰색 페인트만 성의 없이 그어져 있다. 오가는 트럭과 폐지가 잔뜩 쌓인 손수레를 피하며 걷다 보면 흰 담벼락이 줄지어 있는 곳. 빨간 벽돌로 만든 촌스러운 빌라 벽면에 바짝 붙어 있는 담벼락이 보인다. 담벼락은 빌라를 딱 반만 가리고 있다. 나는 쩍쩍 갈라진 담벼락에 달라붙어 걸었다. 우리 집은 오르막과 첫 번째 평지 사이에 있다. 그 지점에서 담벼락도 끝난다. 나는 담벼락의 모퉁이를 돌아 나무 대문의 조악한 잠금장치를 열었다. 문을 열고 나는 마당이라 부르기도 어려운 협소한 흙 마당을 지나 아래로 난 계단으로 향했다. 한 계단 한 계단 내려갈 때마다 천장과의 차이가 벌어진다. 일사량이 적어지는 것을 온몸으로 느낀다. 땅굴을 파고 들어가는 두더지가 된 것 같다. 곰팡내가 물씬 풍긴다. 드디어 집에 도착했다.

집에 들어갈 때면 무의미한 행동을 반복한 것 같아 비효율적이라는 생각이 든다. 힘들게 오르막을 오르고 다시 계단을 내려가는 과정. 오르막길에 오르기 전 쪽문이 있었다면 집으로 오는 길이 조금은 더 편할 텐데. 나는 담벼락이 지켜 주지 않는 빌라의 반쪽 아래에 산다. 반지하는 습하지만, 지상보단 시원하다. 지상보다 시원하다는 것은 햇빛이 들지 않는다는 뜻이다. 햇빛이 들지 않기에 이곳은 지상보다 더 습하다는 뜻이기도 하다. 더위는 싫지만, 습함은 더 싫기에 나는 손때가 잔뜩 묻은 창문을 열고 벌레는 물론이고 쥐들도 편히 드나들 수 있을 것 같은 방충망 창을 열었다. 감옥을 연상케 하는 방범창의 쇠창살 사이로 덜 습한 바람이 들어왔다. 집의 습도가 100퍼센트라면, 바깥의 습도는 90퍼센트쯤 될까. 그 10퍼센트의 차이가 내게 곧 상대적 냉기를 가져다준다. 쇠창살 모양의 그림자가 방바닥에 그려진다. 쇠창살의 뒤에 있는 내 그림자도 바닥에 그려진다. 마치 감옥 안에 있는 죄수의 그림자를 보는 것 같다. 기분 나쁘네. 나는 등을 돌려 창틀에 양팔을 얹고 바깥을 내다봤다. 땀으로 뭉친 머리칼이 날렸다.

"형아, 형아!"

오르막의 시발점에서부터 들리는 목소리. 발로 세게 땅을 밟으며 질주하는 마찰음이 일정한 박자를 이룬다. 점점 가까워져 온다. 그리고 불쑥, 창문에서 허리를 90도에 가깝게 숙이고 거북이처럼 목을 쭉 늘린 채 오른쪽으로 얼굴을 휙 돌린다. 땀이 잔뜩 나 왁스를 바른 것처럼 뭉친 머리카락, 얼굴은 복숭아처럼 불규칙적으로 벌게져 있다. 내 동생, 영수다. 영수는 나를 바라보려 고개를 이리저리 돌린다. 나는 영수의 시선을 피해 고개를 사선으로 돌렸다.

"형아 나 아이스크림 먹고 싶어. 아이스크림 먹으러 가자 형아."

영수는 숨을 거세게 내쉬며 한 어절 한 어절 끊어서 말한다. 정확히는 들숨과 날숨 사이에 끼어 끊어지고 잘리는 것에 가까울 것이다. 아이스크림. 나는 한숨을 푹 쉬었다. 아직 덜 마른 땀 때문에 몸이 축축하고 끈적거렸다. 땀이 조금만 더 났으면, 이 상태로 조금만 더 지속됐으면 아마 등에 염전을 만들 수 있었을 것이다. 땀샘이 갯벌 속 조개 구멍처럼 뻐끔거리는 것 같았다. 몸이 간질거렸다. 영수는 계속 보챘다. 안 먹을 거야? 아이스크림 먹으러 가자. 형아, 형아. 영수는 말끝을 길게 늘렸다. 벌써 숨이 돌아온 건가. 초등학교 1학년의 체력은 정말이지 대단했다. 귀가 아팠다. 길게 늘어진 목소리가 꼬챙이처럼 고막을 파고드는 것 같았다. 나는 영수에게 소리를 지르려 신경질적으로 이를 물고 공기를 삼켰다. 그러다 턱, 큰 소리를 내려던 공기가 창살에 걸려 힘없이 흩어졌다.

영수, 하고 싶은 거 있으면 시켜 줘라.

아빠의 말이 떠올랐다. 나는 영수를 쳐다봤다. 영수는 여전히 고개를 이리저리 돌리며 나를 보고 있었다. 땀에 젖은 머리가 이리저리 움직이며 이마를 쳐 댔다. 그러나 나는 저 조그마한 애가, 조그마한 시선이 내게로 향하는 게 싫었다. 나는 영수의 시선을 받고 싶지 않았다. 그게 뭐라고. 아이스크림이 뭐라고.

우리 집은 돈이 없다. 이 자명하지만, 아이가 알아선 안 되는 사실을 나는 어릴 적에 알았다. 아마 영수의 나이쯤이었을 것이다. 부모님은 무지했다. 금전적인 문제에 대해 아이가 알아선 안 된다고 생각하지 않았고, 이 좁은 반지하에서 그들만의 공간이 있을 거라는 허황한 생각을 했다. 빚과 일에 대해, 부모님은 서슴없이 얘기를 꺼냈다. 정확히 어느 정도의 가난인지는 아직도 잘 모르겠지만, 가난하지 않은 것은 아니었기에 나는 늘 두려웠다. 길거리에 나앉을까 봐. 평생 이렇게 살다 죽을까 봐. 나는 준비물이 필요하다는 것을 집에 알리지 않았다. 친구에게 빌리고, 선생님께 혼났다. 그게 나았다. 사고 싶은 것도 조르지 않고 살았다. 내게 문구점과 분식집은 향기가 나는 병풍에 불과했다. 안 먹어도 괜찮다. 안

사도 괜찮다. 나는 애써 나를 위로했다. 그리고 나를 뒤로했다. 그게 도움이 되는 길이니까. 가난에서 벗어나는 데에, 내가 두려움에서 벗어나는 데에. 나는 최악을 두려워하고 차악에 살며, 차선을 꿈꿨다. 언젠간 이 개미굴에서, 반지하에서 벗어날 수 있길 바랐다. 하지만 부모님은 이런 두려움을 코웃음 치듯 하며 영수를 편애했다.

영수는 부모님과 장을 보러 가면 늘 과자나 음료수를 담았다. 배달 음식을 조르고, 준비물을 서슴없이 말하는가 하면 집에 불을 다 켜고 다녔다. 나는 영수가 재앙 같았다. 재앙, 재해. 이것에 순순히 악의가 있다고 볼 수 있을까. 재앙과 재해에는 악의가 없다. 필연적으로, 자연스럽게 일어나는 현상. 하지만 우리는 재난을 미워하고, 또 두려워한다. 목숨을, 재물을 앗아갈 수 있으니까. 내가 어떻게 영수를 좋아할 수 있을까. 어떻게 보듬어 주고, 사랑스러운 동생으로 대할 수 있을까. 영수는 우리 가족을 길바닥으로 내치고 가난이라는 괴물의 아가리에 집어넣을 분명한 악이었다. 그래서 나는 영수가 미웠다. 엄마랑 아빠도 미웠다. 왜 영수에겐 관대한 건지, 길바닥에 나앉아도 괜찮은 건지 하나도 이해할 수 없었다.

내가 영수에게 눈치를 주면 영수는 엄마와 아빠를 바라보고 이어 나를 바라본다. 마치 부모의 허락이 떨어졌는데, 고작 일곱 살 위인 네가 뭘 할 수 있는데 하는 눈으로. 네가 뭔데 날 허락해, 라는 말을 담아. 그런 느낌으로. 수업 시간에 과자 파티를 한다며 마트에 가던 날 영수는 음료수와 과자 2개, 그리고 초콜릿을 골랐다. 나

는 영수에게 과자 하나는 도로 가져다 놓으라고 말했다. 과자 코너
에서 영수는 나를 째려보며 발로 땅을 쳐 댔다. 나는 영수의 손에
들린 과자 봉지를 낚아채어 도로 갖다 두었다. 과자를 제자리에 두
고 뒤를 돌아봤을 때, 영수는 이미 사라지고 없었다. 잠시 후 내 뒤
쪽에서 아빠의 목소리가 들려왔다.

 "영수 좀 그만 잡아라, 유준아. 영수가 뭐만 하면 계속 네 눈치
를 보잖아."

 잘못 들었나. 잡는다고. 눈치를 본다고. 말도 안 되는 소리. 저게
무슨 말이지. 나는 아빠가 하는 말을 도통 이해할 수 없었다. 내가
나쁜가. 정말 내가 잘못했나. 내가 아빠의 말을 곱씹고 있는 사이,
영수는 내가 갖다 두었던 과자를 집어 플라스틱 바구니에 넣었다.
영수는 오른쪽에 엄마를, 왼쪽에 아빠를 끼고 계산대로 향했다. 그
리고 뒤를 돌아 나를 쓱 쳐다보았다. 그 시선. 조그마한 시선이 내
게 닿았을 때, 새카만 눈동자가 나를 훑고 지나갔을 때, 내 마음에
는 이례 없는 울화가 치밀었다. 그때부터였다. 내가 영수의 눈과
마주치지 않은 건. 마주칠 수 없었던 건.

 그냥 영수의 말을 들어주기로 했다. 정떨어져. 정말이다. 나의
개인적인 감정은 그냥 다 내버려 두고, 나는 이제 형의 의무만 다
하기로 했다. 형의 의무만.

 나는 영수에게 가방을 벗으라고 손짓했다. 영수는 왼쪽 가방끈
을 팔에서 먼저 빼내었다. 가방이 등에 달라붙었는지, 끈이 작아졌

는지, 영수는 가방을 힘겹게 벗었다. 영수가 넘겨준 가방은 물건을 넣지 않아도 형태를 유지할 만큼 튼튼하지 않았고, 가방에 든 것도 없었기에 창살 사이로 손쉽게 들어왔다. 나는 영수의 가방을 집 한 구석에 치워 두고 식탁 위에 놓여 있는 구겨진 천 원짜리 지폐 몇 장과 동전을 주머니에 넣었다. 식탁 위에는 검은 비닐봉지에 포스트잇이 붙어 있었다. 나는 비닐봉지를 열어 보았다. 봉지 안에는 햇반과 라면 한 봉지, 레토르트 식품이 몇 종류 들어 있었다. 포스트잇에는 엄마와 아빠는 일을 나가니 밥을 잘 챙겨 먹으라는 내용의 말이 적혀 있었다.

내가 집에 들어온 시간과 영수가 집에 온 시간이 그리 차이 나지 않아서 나는 덜 마른 몸으로 다시 땡볕에 몸을 맡겨야 했다. 계단을 오르고 좁은 길목을 지나 담의 모퉁이를 도니 저만치 가고 있는 영수가 보였다. 정말 지치지도 않나 보다. 흥얼흥얼 콧노래를 부르며 왼쪽으로, 오른쪽으로 튀어 오르듯 걸었다. 지익, 하고 신발이 계속 끌렸다. 분명 밑창이 빨리 닳을 것이다. 영수는 아마, 모르겠지. 나는 내 쪽으로 튀어 오르는 영수의 어깨를 잡아채 눌렀다. 가만히 좀 있어. 차 오잖아. 나는 영수를 잡고 흰 차선 밖으로 나가 몸을 밀착했다. 큰 트럭이 아슬아슬하게 우리를 비켜 지나갔다. 이후로 영수는 몸을 움찔거리긴 했지만 무작정 뛰어나가지는 않았다.

슈퍼가 보이자 영수는 문 앞 냉동고로 달려갔다. 말릴 새도, 말릴 기력도 없었다. 나는 멀어져 가는 영수의 등을 바라보며 천천히 걸어갔다. 영수는 이미 냉동고에 반쯤 들어가 아이스크림을 고르고 있었다. 까치발을 들고 상체를 버둥거리는 모습에 나는 한숨을 내쉬었다. 슈퍼 안은 전등이 켜져 있었지만 조금 어두웠다. 수요가 적은 물건을 들면 먼지가 풀풀 날리는 낡고 오래된 슈퍼. 곳곳에는 거미줄도 쳐져 있었다. 계산대는 따로 없고 마루 위에 마치 안방인 것처럼 두 다리를 쭉 뻗고 있는 아저씨와 덜덜거리며 돌아가는 옥색 선풍기, 화질이 좋지 않은 티브이가 있었다. 나는 뉴스를 보는 아저씨에게 꾸벅 인사하고 영수에게 갔다. 영수는 힘겹게 아이스크림을 2개 골라 올렸다. 그리고 내게 건넸다. 하나만 먹어, 하는 내 말을 끊고 영수는 하나는 내 것이라고 말했다. 나는 잠깐 멈칫했다가 그냥 말없이 아이스크림을 받아 아저씨에게로 갔다.

뉴스를 보던 아저씨가 내 손에 들린 아이스크림을 힐끗 보곤 1,400원, 하고 건조하게 말했다. 나는 천 원짜리 지폐와 5백 원을 내밀었다. 아저씨는 돈을 받아 주머니에 넣은 후 마루 위 이곳저곳을 돌아다니며 잔돈을 찾았다. 낡은 티브이에서는 갈라지는 목소리로 기자가 태풍 예보를 하고 있었다.

'거대한 태풍 구름이 무섭게 휘몰아치고 중심에는 태풍의 눈이 뚜렷하게 만들어졌습니다. 올해 첫 초강력 태풍으로 발달한 아루는 북서진을 계속하고 있습니다. 내일 오전 9시쯤 태풍 아루가 필리핀과 대만을 지나 포항에 상륙할 예정입니다. 남해 모든 바다에 태풍 경보가 발령되었으며….'

티브이에 눈을 팔고 있는 사이 아저씨가 여기, 받아 가라, 하고 백 원짜리를 내게 건넸다. 시선은 티브이에 고정. 손등이 위로 향

한 손은 당장 받지 않으면 바닥에 떨어트리겠다는 듯한 흔들거림
이 느껴졌다. 나는 잔돈을 받고 영수와 함께 슈퍼를 나왔다. 나는
인사하지 않았고, 영수는 뒤를 돌아 꾸벅 인사했다. 영수가 골라
준 아이스크림은 초콜릿 맛이었다. 영수는 딸기 맛을 골랐다. 포장
지를 뜯으니 아이스크림에는 성에가 잔뜩 끼어 있었다. 성에 탓에
원색은 희미하게만 알아볼 수 있었다. 나는 아이스크림을 한입 베
어 물었다. 일차적으로 얼음이 혀에 닿았다. 까슬거리는 느낌이 거
슬렸다. 맛을 느낄 새도 없이 나는 꿀꺽, 하고 차가운 덩어리를 목
으로 넘겼다. 나는 포장지를 접어 아이스크림에 대고 성에를 긁어
냈다. 성에가 떨어짐과 동시에 녹아 사라졌다. 다시 아이스크림을
입에 넣으니 한결 나았다. 아이스크림을 베어 문 영수가 뭉개지는
발음으로 내게 말했다.

"태풍의 눈이 뭐야?"

나는 영수에게 태풍의 눈을 어떻게 설명해야 할지 잠시 고민했
다. 기압이나, 기류 등의 단어로 설명해도 모를 텐데. 나는 간단히
말하기로 했다. 태풍의 중심, 근데 비가 안 오고 하늘이 맑아. 바람
이 벽처럼 두르고 있어. 영수는 내 말 때문인지, 크게 베어 문 아이
스크림 덩어리가 차가워서인지 와, 하고 탄성을 냈다. 그리고 입에
든 아이스크림을 삼키고 다시 내게 말했다.

"완전 멋지다! 태풍의 눈 보고 싶어!"

격앙되어 말하는 영수에게 나는 딱히 대꾸하거나 반응하진 않
았다. 경기 외곽에 있는 이곳까지 태풍이 오면, 그건 사고다. 태풍

이 한반도를 관통하는 일은 손에 꼽는다. 아마 태풍의 눈을 볼 일은 없을 거다. 영수와 의미 없는 대화를 주고받다 보니 어느새 빌라에 와 있었다. 흙길을 지나갈 때쯤 나는 깔끔한 나무막대를 손에 들고 있었고, 영수는 3분의 1이 남은 아이스크림을 손에 질질 흘리며 먹고 있었다. 녹은 아이스크림은 손가락 두 마디 정도 되는 크기의 나무막대를 타고 영수의 손을 더럽혔다. 그리고 질퍽하게 뚝, 하고 떨어졌다. 흙의 색이 미묘하게 변했다. 영수는 반대 손으로 아이스크림을 잡고 손을 탈탈 털어 냈다. 녹은 아이스크림이 사방에 튀었다. 검지와 엄지로 불안정하게 잡은 아이스크림이 영수의 떨림을 견디지 못하고 바닥에 떨어졌다. 바닥에 떨어지며 튄 액체와 영수가 손을 털며 튀긴 액체가 영수의 옷과 신발, 그리고 내 옷과 신발에도 튀었다. 나는 영수를 멈춰 세웠다. 그걸 털면 어떡해. 너 바보야? 영수는 내 말이 들리지 않는 것 같았다. 그저 흙에 떨어진 아이스크림만 하염없이 내려다봤다. 나는 영수를 거의 끌다시피 하여 집으로 들어왔다.

*

악, 나는 외마디 신음을 내며 잠에서 깼다. 오른손으로 왼팔을 내리쳤다. 짝 소리와 함께 불쾌한 기분이 들었다. 나는 감긴 눈으로 비척거리며 스위치 쪽으로 걸어가 벽을 문질렀다. 불이 켜지고 역설적인 어둠이 잠시 눈을 거쳤다. 시야가 돌아오고 본 팔은 벌겋

게 부어올라 있었다. 손바닥에는 납작하게 눌린 개미가 있었다. 신
발에 묻은 아이스크림을 따라 들어온 것이 분명했다. 진짜 이영수,
가만 안 둬. 시계를 보니 시침이 6을 가리키고 있었다. 아침이네.
다시 자기도 애매한 시간. 엄마랑 아빠는 들어왔다 나간 건지, 아
예 들어오지도 않은 건지 잘 모르겠다. 나는 시간을 때울 생각으로
티브이를 켰다. 리모컨을 딸깍거리며 채널을 이리저리 돌렸다. 드
라마, 다큐멘터리, 제품 광고, 영화, 아동 애니메이션, 뉴스를 빙빙
돌았다. 그러다 마주한 시위의 현장. 반지하 시위였다. 나는 티브
이 소리를 조금 높여 화면에 집중했다.

　몇몇 시민단체가 구호를 외치며 패널을 흔들고 있었다. 패널에
는 반지하 이제 그만, 사회적 타살, 불평등의 재난 등의 문구가 적
혀 있었다. 헛웃음이 나왔다. 단언컨대, 반지하에 살고 싶은 사람
은 아무도 없다. 누구나 햇빛 잘 들고, 벌레도 없고 쾌적하고 습하
지 않은 집에 살고 싶을 것이다. 하지만 그건 희망일 뿐이다. 나는,
우리는 이러이러한 집에 살고 싶다가 아닌, 집에 살고 싶다, 살고
싶다가 주가 된다. 도대체 누굴 위한 시위인가. 이사는 10만 원, 20
만 원으로 할 수 없다. 주거권 보장? 이 시위는 지금 주거권을 앗
아 가는 것이다. 살아 보지 않아서 모르겠지. 알량한 마음으로 선
인 것처럼, 도덕적인 것처럼 아무것도 모르면서 시위하는 저들이
싫다. 이상적인 사회, 평화로운 사회. 다 좋다. 이상을 지향하며 언
젠간 이상이 현실이 되길 바라는 것. 나도 좋다. 하지만 이상을 잣
대로 들어 현실을 뭉개 버리는 건 해악이다. 티브이 소리를 조금

더 키우려던 찰나 뒤에서 인기척이 들렸다. 영수가 깬 모양이다. 나는 급하게 채널을 돌렸다. 다른 뉴스 채널이 나왔다.

"몇 시야…."

나는 6시 30분이라고 말했다. 영수는 눈을 비비적거리며 티브이를 가리켰다. 티브이 시끄러워. 나는 리모컨을 딸깍거려 볼륨을 줄였다. 다시 자. 나는 영수에게 잠을 권했다. 영수가 일어나서 할 것도 없을뿐더러 분명 학교생활에도 지장이 갈 것이다. 영수는 입을 크게 벌려 늘어지게 하품을 했다. 아마 잔다고 하는 것 같았다. 나는 다시 티브이 쪽으로 몸을 돌렸다. 그때 영수가 내게 물었다. 태풍 와? 아니, 어제도 내가 말했잖아. 태풍이 왜 와. 영수는 뒤이어 나오는 내 말을 끊으며 말했다. 그럼 저건 뭐야? 영수가 손끝으로 가리킨 화면 안에는 태풍 예상 진행 경로가 있었다. 필리핀과 대만을 지나 북상. 우리나라 남해안을 거쳐 수도권까지 관통하는 경로. 어제 슈퍼에서 봤던 초강력 태풍, 아루였다. 나는 말없이 뉴스를 조금 더 본 후 입을 열었다.

"어, 태풍 와. 영수야 오늘은 집에서 쉬어."

태풍이 온다.

날이 밝은 후 나는 영수의 초등학교에 전화했다. 담임 선생님과의 전화. 세 번의 발신 실패 끝에 신호가 닿았다. 다들 전화를 하고 있는가 보다. 1분도 채 안 되는 짧은 통화 시간 동안 영수의 학교에도 휴교령이 내려왔다는 것, 그리고 비가 많이 올 예정이기 때문에 꼭 조심하라는 것. 나와 선생님은 형식적인 인사치레와 함께 서로의 안녕과 건강을 빌어 준 후 전화를 끊었다. 나는 날씨를 확인하기 위해 바깥으로 나갔다. 현관문을 열자 여전히 날이 습했다. 하지만 온기가 깃들어 있지는 않았다. 습기가 몸에 달라붙지 않고 한 점으로 모이는 듯했다. 느낌이 좋지 않았다. 하늘이 우중충했다. 지난 하늘보다 구름이 더 어둡고 두껍게 깔려 있었다. 바람이 강하게 불었다. 대충 털어 말린 앞머리가 뒤로 날렸다. 작은 돌과 모래가 이리저리 굴러다닌다. 조악한 잠금장치에 걸린 대문이 요동친다. 형체가 없는 사람이 거세게 문을 두드리는 것 같다. 반가운 손님은 아니다.

다시 집 안으로 돌아가려 발걸음을 돌렸을 때 틱, 하곤 나무막대가 땅바닥을 튕기며 날아왔다. 흙과 개미가 묻은 나무막대. 영수가 어제 떨어트린 아이스크림의 막대가 분명했다. 나는 막대를 주워 대문 쪽에 있는 쓰레기통으로 향했다. 흙 마당이 물을 먹은 듯 축축했다. 그리고 유독 개미가 많았다. 아이스크림 탓일까. 구분할 수 없는 흙들을 옮겨 나르는 개미 떼를 바라보았다. 비가 오면 개미는 어떻게 될까. 익사하고 마는 걸까. 땅에, 지하에 사는 것들은 전부 죽는 걸까. 개미도, 쥐도, 두더지도, 모두 죽는 걸까. 이건 누가 알지. 영수는 알까. 엄마랑 아빠는 알까. 나는 고개를 흔들어 잡생각을 떨쳐 냈다. 그러곤 쓰레기통 근처에서 나무막대를 던졌다. 막대는 빙빙 돌며 포물선을 그리다 쓰레기통 근처에서 방향을 틀고 바닥에 떨어졌다. 바람이 많이 부네. 나는 떨어진 막대를 내버려 두고 집 안으로 들어왔다.

오전 10시 무렵부터 쏟아지던 비는 오후가 되자 본격적으로 퍼
붓기 시작했다. 투둑투둑 떨어지던 비가 어느새 창문을 강타하며
떨어지고 있었다. 강화유리에 총을 쏘는 소리 같았다. 바람이 불
때마다 창틀이 강하게 흔들렸다. 내리막을 타고 물이 흘렀다. 급류
를 보는 듯한 착각이 들었다. 물은 거세게, 아주 거세게 흘렀다. 전
파가 끊겼는지 티브이는 검은 화면을 띄우고 지직거리는 소리만
내었다. 집 전화도 작동하지 않았다. 엄마랑 아빠는 여전히 집에
없었다. 나는 영수의 공책을 찢어 창문에 붙였다. 효과는 신문지와
별반 다를 게 없을 것이다. 낱장에 물을 바르면 공책이 쉽게 찢어
져 처음 다섯 장 정도는 형체를 잃고 아스러졌다. 나는 물로 붙인
공책을 청테이프로 한 번 더 고정했다. 흔들리는 창틀에서는 계속
물이 샜다. 나는 화장실에서 수건을 가져다 창틀에 대었다. 창문이
가려지니 집 안과 밖이 완벽하게 단절된 것 같았다. 바깥 상황을
눈으로 알 수 없으니 공포가 가중되었다. 증폭된 청각은 역효과를
불러일으켰다. 태풍이 온다고, 태풍의 눈을 볼 수 있다고 난리를
치던 영수는 이불 안에 들어가 나오지 않았다.
  천장에 달린 누런색 전등이 깜박거렸다. 먹구름 사이에 갇혀 번
쩍거리는 번개를 보는 것 같았다. 하필 이럴 때 전등이 고장 나고
악새가 겹쳤다. 켜졌다. 꺼졌다. 커졌다. 그리고 픽. 무언가 터지는
폭발음이 압축적으로 들렸다. 전등이 완전히 나간 것일까. 필라멘

트 타는 냄새가 났다. 환기를 할 수도 없는데. 나는 내 코가 곰팡내에 적응한 것처럼, 탄 냄새에도 금방 적응하리라 믿었다. 나는 창문을 확인했다. 손을 갖다 대니 진동이 거셌다. 창틀에 덧대 놓은 수건이 축축하다 못해 물이 뚝뚝 흘렀다. 아까보다 물이 더 많이 새는 것 같았다. 나는 수건을 들고 재빨리 화장실로 향했다. 수건을 비틀어 물을 짜내니 황색 물이 바닥에 떨어졌다. 나는 반사적으로 엉덩이를 뒤로 쭉 뺐다. 종아리와 허벅지에 조금 튄 것 같았다. 나는 쭈그려 앉아 수건을 몇 번 더 비틀어 확실하게 물을 짜낸 후 화장실을 나섰다. 문턱을 넘어 창문으로 가는 길이 묘하게 축축했다. 창문으로 가까워져 갈수록 찰팍거리는 소리가 명확하게 들렸다. 나는 발끝을 세워 앞쪽을 그었다. 장판이 일렁거렸다. 물이다. 바닥에 물이 흥건했다.

언제 이렇게 들이찼지. 아까까지만 해도 이 정도는 아니었다. 바깥은 어떻지. 순간 공포가 나를 휘감았다. 어두운 방 안에서 폭력적으로 쏟아지는 물소리는 사람을 심적으로 약화시키기에 충분했다. 나는 창문으로 달려가 창틀에 붙어 있는 청테이프를 떼어 냈다. 찌이익, 청테이프의 접착제가 길게 늘어지며 떨어져 나갔다. 물로 붙인 공책과 청테이프가 창문에서 반쯤 떨어졌을 때 나는 내 행동이 잘못되었음을 깨달았지만, 이미 늦었다. 물론 알았다고 해도 물로 붙인 종이 따위로는 몇 분 늦추는 것 말고는 할 수 있는 일이 없었을 것이다. 마치 어항을 보는 것 같았다. 창문 밖으로 황색 흙탕물이 가득 채워져 있었고, 중앙의 진한 금을 중점으로 점점 실금이 뻗어 나가고 있었다. 마치 재난 영화의 한 장면처럼. 정말 영화 같네. 퍽, 창문이 깨졌다.

흙탕물이 폭포처럼 쏟아져 들어왔다. 물이 거대한 질량을 이뤄 배로 떨어졌다. 그때 나는 물의 질량을 처음으로 느꼈다. 나는 급류에 휩쓸린 물고기처럼 무력하게 바닥으로 내동댕이쳐졌다. 그건 의지의 문제도 아니었고, 튼튼하지 않은 신체의 문제도 아니었다. 몸이 뻐근하게 아파 왔다. 듬성듬성 뚫린 철창은 쏟아지는 물을 막을 수 없었다. 그건 방충망도 마찬가지일뿐더러, 보수 따위 한 적 없는 낡은 창문도 그렇다. 나는 넘어진 채로 영수를 불렀다. 하지만 대답이 돌아오지 않았다. 나는 바닥을 짚고 힘겹게 일어나 집 안을 살폈다. 얼마 가지 않아 냉장고 옆에 박혀 있는 이불 고치를 찾았다. 나는 이불을 들춰 올렸다. 안에는 영수가 웅크린 채 자고 있었다. 나는 영수를 흔들어 깨웠다. 일어나 이영수, 이영수. 영수가 눈을 깜박거렸다. 영수는 물에 젖은 나보다 더 젖어 있었다. 땀인 것 같았다. 나는 비몽사몽인 채로 웅크려 있는 영수의 손을 낚아챘다. 아직 젖지 않은 이불을 망토처럼 두르고 식탁으로 가 영수를 올려 두었다. 그리고 둘렀던 이불을 영수에게 주었다. 이거 덮고 있어. 영수는 무언가 말을 하려 했지만, 나는 그걸 들을 새가 없었다. 나는 영수를 뒤로하고 창문으로 향했다.

창문으로 계속 물이 쏟아져 들어오고 있었다. 오르막의 첫 번째 평지. 위에서 봤을 때는 내리막인지라 상류의 물이 모두 이곳에 모이는 것 같았다. 담벼락이 간절해졌다. 나는 주위를 둘러봤다. 달력이, 식탁이, 테이프가 눈에 들어왔지만, 아무것도 창문을 막을 수는 없었다. 쏟아지는 물을 막을 수가 없었다. 나는 현관으로 향했다. 탈출구가 필요했다. 문고리를 잡고 아래로 내렸다. 철컥 소리가 들렸지만, 문은 꼼짝도 하지 않았다. 문고리를 아무리 돌리고, 멀리서 달려와 온몸으로 문을 받아도 문은 둔탁한 소리만 낼 뿐이었다. 열댓 번의 시도는 모두 수포로 돌아갔다. 현관 바닥을 보니 슬리퍼가 둥둥 떠다니고 있었다. 문틈에서 물이 새고 있었다. 물이 얼마나 찬 거지. 내가 열지 못하는 정도면 적어도 내 무릎 이상이다. 이젠 어떡하지. 안에서 열 수 없으면 바깥에서도 열 수 없을 것이다. 다 대피했겠지. 살려 달라는 소리도 빗소리에 묻힐 뿐이었다. 이럴 줄 알았으면 아까 문을 열어 둘걸. 스스로가 바보 같았다.

수위가 식탁까지 올랐다. 이제 현관문이 열리긴 한다. 맨 위에 있는 틈에서도 물이 새고 있으니까. 그런데, 문이 열리면 무엇을 할 수 있지. 계단을 어떻게 오르지. 순식간에 밀려들어 오는 물에 기절할지도 모른다. 혹은 바위나 쓰레기가 같이 쏟아진다면? 문이라는 이름이 무색하게도 나갈 수 없었다. 남은 탈출구는 하나뿐이었다. 창문. 창살을 부수고, 방충망을 찢고, 창문을 통해 나간다. 남은 유리 조각에 몸이 베이는 것쯤은 괜찮았다. 문제는 창살이, 너무 단단했다. 의자로 내려치고, 냄비로 내려쳐도 창살은 미동도 하지 않았다. 약간의 흠집이 끝. 창살을 잡고 벽에 매달려 떨어지기를 반복하기도 했다. 그러나 창살은 단단했다. 사람이 나가기엔 한없이 좁고 물이 들어오기엔 한없이 넓었다. 몸에 힘이 빠졌다. 물에 뜬 탓일까. 아니면 이게 무력감일지도 모른다. 영수는 잘 있나. 나는 허우적거리며 영수에게 다가갔다. 영수는 식탁 위에서 울고 있었다. 이제 어떡하냐고. 무섭다고. 그런데, 나도 모르겠다. 이럴 때는 어떻게 해야 하지. 나는 잠시 눈을 감고 생각했다. 검은 배경에 엄마랑 아빠가 아른거렸다. 전화가 끊겼는데 왜 찾아오지 않지. 아니, 애초에 왜 영수랑 나를 혼자 남겨 둔 거지. 검은 배경 전체가 원망인 듯 아른거리는 엄마랑 아빠를 집어삼켰다. 그때, 어깨에 기이한 촉감이 느껴졌다. 차갑고 쭈글쭈글한 손이 살갗을 스쳤다. 눈을 뜨니 까만 눈동자가 나를 응시하고 있었다. 축축하게 젖은 영수의 속눈썹이 파들거렸다. 볼 아래로 물줄기가 흘러내렸다. 영수가 몸을 떨었다. 영수의 눈을 똑바로 본 적이 언제였더라. 저 조그마한 애가, 조그마한 시선이 내게로 향하는 게 너무 안쓰러웠다. 커진 동공에 반사된 내가 일렁였다. 갈비뼈 사이가 간질거렸다. 간질거림이 몸을 파고들어 시큰거리는 느낌으로 확장됐다. 우리는 너무 불행했다. 나는 영수의 눈을 똑바로 바라본 채 말했다.

"여기, 식탁 위에서 웅크러서 기다리면 돼. 우리, 태풍의 눈을 보러 가자. 바람이 없는 곳으로, 비가 없는 곳으로, 개미도, 쥐도 없는 곳으로. 구름 한 점 없는 하늘을 보러 가자."

영수는 눈을 질끈 감으며 고개를 끄덕였다. 볼을 타고 물줄기가 계속 흘렀다. 영수의 울음이 물이 차는 걸 가속시켰나. 수위는 어느새 내 가슴팍까지 올랐다. 식탁 위에 있던 햇반과 라면, 현관의 슬리퍼를 포함하여 집에 있는 온갖 가벼운 물건이란 물건은 모조리 떠올랐다. 바깥에서 흘러들어 온 쓰레기와 잡초가 떠다닌다. 공책은 젖고, 달력은 찢어지고 옷은 해초처럼 가라앉아 발목을 감았다. 영수는 계속 몸을 떨었다. 나는 이미 물에 젖은 이불을 집어 던졌다. 이불이 천천히 물 아래로 가라앉았다.

나는 물이 차오를 잠깐의 시간을 빌려 영수에게 잠수하는 방법을 가르쳤다. 코를 손으로 막고, 입을 다물고, 고개를 푹 숙이기. 눈은 꼭 떠야 해. 바닥으로 가면 안 되니까. 아파도 꼭 뜨는 거야. 영수는 고개를 끄덕였다. 잠수법을 알려 주고 나니 목까지 물이 차올랐다. 이젠, 정말 시간이 없다. 물이 코까지 차오르면 잠수하는 거야. 물은 절대 마시면 안 돼. 나는 영수와 눈을 맞추며 말했다. 영수의 눈동자는 흔들리고 있었다. 무서움, 혹은 두려움. 물이 무서운 것은 당연했다. 수영장도, 계곡도 한번 가 본 적이 없으니까. 만약 수영장이나 계곡을 갔었다면 영수의 두려움이 조금 덜했을까. 그리고 내 두려움이 조금 덜했을까. 나는 영수의 대답을 듣지 않고 창문으로 향했다.

발이 바닥에 닿을 듯, 닿지 않을 듯 울렁거린다. 발바닥이 쓰라리다. 유리 파편에 발이 베인 것 같다. 나는 쓰라림을 무시하고 허우적거려 창문에 도착했다. 창살을 때리는 것은 이제 의미가 없다. 뜯어내야 한다. 나는 양손으로 창살을 붙잡고 두 발로 벽을 디뎠다. 그러고는 있는 힘껏 창살을 당겼다. 가슴팍에 물이 계속 떨어졌다. 음료 캔, 작은 돌과 풀이 섞여 가슴팍을 때렸다. 나는 창살의 윗부분을 잡고 발로 벽을 밀었다. 창살이 덜컹거리는 소리와 함께 흔들렸다. 그럼에도 유의미한 징조는 나타나지 않았다. 벽을 마구 발로 찼다. 창살을 내 쪽으로 끌어당기며. 덜컹거리는 소리가 점점 작아졌다. 허벅지에, 어깨에 힘이 자꾸만 빠졌다. 너무 추웠다. 몸이 계속 굳어 갔다.

물이 코까지 찼다. 식탁 위에 있던 영수가 없었다. 잠수했겠지. 아니, 잠수했어야만 한다. 영수가 나를 보고 있을까. 꼭 눈을 뜨라고 했는데. 만약 뜨지 않아서 방황하면 어쩌지. 아무것도 볼 수 없을지도 모른다. 나는 흙탕물 아래로 손을 집어넣었다. 물속에서 손을 휘저으면서 영수의 손을 탐색했다. 이 근처에 있을 것이다. 곧이어 나는 무언가를 낚아챘다. 말캉하고 긴 무언가를. 아마 영수의 팔인 것 같았다. 나는 그것을 잡아 끌어올렸다. 이미 물로 가득 찬 집에서 영수를 끌어올리는 것이 어떤 의미가 있었을까. 나는 다시 창살에 매달렸다. 한 손으로는 영수의 팔을 잡고 다른 손으로는 미친 듯이 창살을 당겼다. 창살은 계속 흔들렸다. 쏟아지는 빗소리 속에서 물거품 소리를 들었다. 숨이 막혀 왔다. 숨이 물 밖으로 나가는 소리, 물이 폐 안으로 들어오는 소리. 흙탕물 표면이 부글거리며 잔거품이 올라왔다.

눈으로 가자. 태풍의 눈으로 가자. 태풍의 눈을 보러 가자. 그곳은 바람이 없어야 한다. 비도 없고, 개미도, 쥐도, 가난도, 아무것도 없어야 한다. 아이스크림이 녹아도 괜찮아야 한다. 엄마와 아빠가 그곳에 있어야 한다. 곰팡내가 나지 않아야 한다. 오로지 맑게 갠 하늘만이 싱그러운 풀밭을 달구고 있어야 한다. 고요하고 따뜻한 날씨만이 있어야 한다. 그러니까 우리, 태풍의 눈으로 가자.

청년 전태일이 품은 꿈

— 『전태일평전』을 읽고

홍지민

『전태일평전』을 읽고 신경림 시인의 「가난한 사랑 노래」가 떠올랐다. 이 시에서는 가난하다고 해서 외로움, 두려움, 그리움 등의 감정이 없는 건 아니라고 했다. 부당함에 당당히 맞선 전태일이라고 해서 외로움을 모르고 두려움이 없진 않았을 것이다. 그렇다면 가난한 집에서 태어나 근로자 편에 서서 결국 목숨을 바친 전태일로 하여금 외로움과 두려움을 극복하게 했던 것은 무엇일까?

이 책은 전태일의 출생부터 그의 죽음까지 전태일의 삶과 고뇌를 다룬 작품이다. 전태일은 1948년 대구의 한 가난한 집에서 태어나 평생을 노동만 하며 힘들게 살았다. 우리나라의 노동 시장을 바꾸려고 노력하다가 1970년 평화시장 앞에서 『근로기준법』화형식을 치르며 자기 몸을 불태웠다. 우리나라는 짧은 기간에 많은 발전을 이루었고, 우리는 이를 '한강의 기적'이라고 부르며 자랑스러워한다. 『전태일평전』을 읽으며 한강의 기적같이 멋지고 대단한 발전 뒤에 숨겨진 진실을 알게 되었다. 민주주의를 바탕으로 지금의 노동 시장이 형성되기까지 많은 사람의 용기와 희생이 필요했다. 4·19혁명, 5·18민주화운동 등 민주주의를 열망한 청년들의 값진 희생, 노동자의 정당한 권리를 찾고자 했던 전태일의 희생이 대표적이다. 이런 멋진 일을 이뤄 낸 분들 덕분에 지금의 우리가 평화로운 삶을 살 수 있는 것이다.

세계의 고전이라 일컫는 『올리버 트위스트』에도 산업혁명으로 이룬 발전 뒤에 숨겨진 이야기가 나온다. '올리버'는 산업혁명으로 빈부 격차가 심해진 시대에 고아가 되어 힘들게 산다. 강도도 만나고, 길거리에서 구걸하는 신세로 떠돌아다녀도 누구 하나 동정하거나 현실을 바꾸려 하는 사람은 없다. 큰 혁명이 일어나고 발전이 이루어지려면 가난하고 힘없는 사람들이 마치 소모품처럼 사용되고 버려지는 경우가 많다. 하지만 이런 시대일수록 서로를 도와주고, 보듬어 주며, 배려해 줄 수 있는 사람과, 세상을 좋은 방향으로 이끌어 줄 수 있는 누군가가 필요하다. 그렇지만 현실의 어려움 앞에 자신의 모든 것을 버리고 선뜻 나설 수 있는 사람은 많지 않다.

하지만 다행히도 우리나라엔 전태일이 있었다. 새로운 생각이나 기술이 도입되어 '혁명'이 일어나면 항상 누군가의 희생이 뒤따른다. 우리나라의 노동 환경도 그랬다. 전태일의 분신은 절대 변하지 않을 것 같았던, 불가능해 보였던 우리나라의 노동 환경을 개선하는 결정적인 계기가 되었다.

지금의 우리도 많은 문제를 마주하고 있다. 나는 어떤 문제를 해결할 수 있는 아이디어가 있거나, 해결하고 싶어도 '나 하나쯤으로 세상이 바뀌겠어?' 하면서 소극적으로 굴 때가 많다. 전태일도 처음엔 그랬을 것이다. 끊임없이 노력했는데도 계속 거절당하고, 바뀌지 않는 세상을 보며 안타까워했을 것이다. 그렇지만 결국 전태일의 인내와 열정, 노력으로 세상을 바꿀 수 있었다. 소극적으로 '나 하나쯤은'이라고 생각하다가는 세상이 바뀌는 일은 절대로 일어나지 않을 것이다.

　오늘날 우리는 4차 산업혁명을 겪고 있다. 이 혁명을 통해 인공지능, 빅 데이터 등 신기술이 우리 삶에 깊숙이 들어오고 있는데, 새로운 기술과 접할수록 사람이 소외되는 문제가 점점 더 많이 발생할 것이다. 그렇기 때문에 이 책은 우리가 이런 새로운 기술들이 올바른 목적으로 쓰이고, 누군가의 권리를 침해하지 않도록 세심하게 살펴야 한다는 것을 다시 한번 알려 준다. 전태일의 마지막 말처럼, 그의 죽음을 헛되게 하면 안 된다. 그리고 누구든지 나서서 사회를 올바른 방향으로 이끌 수 있도록 마음의 문을 열어 두어야 한다.

제19회 전태일청소년문학상 심사평

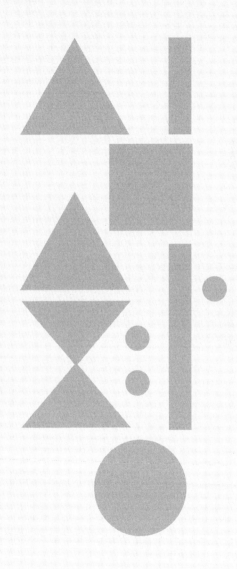

시 부문 심사평

주제와 소재의 경계가 넓은 작품들

제19회 전태일청소년문학상 시 부문에는 119명 총 400편의 작품이 접수되었다. 심사는 1차와 2차에 걸쳐 진행되었으며 2차는 전태일재단 사무실에서 진행했다.

2차에 오른 15명의 작품을 중심으로 심사위원들은 논의를 이어갔다. '이주 배경', '이주 노동자' 같은 주제의 작품들이 눈에 띄었고, 기후 재난을 다룬 작품들도 돋보였다. 이외에도 '노동', '고독사', '가난', '불안', '도시', '교육', '이동권', '가족' 등의 주제를 다룬 작품들도 많았다. 그만큼 주제와 소재에 경계가 넓었고, 수준 높은 의식을 선보였다. 심사위원들은 경직된 형식의 작품보다는 유연한 형식의 작품에 격려를 보내고 싶었다.

모든 이야기에는 각각의 가치가 담겨 있다. 작품의 우열을 가르는 일이 곤혹스러운 이유이다. 대상(문화체육관광부 장관상)으로 선정한 「벽 너머의 일」 외 2편은 안정적인 문체로 우리 사회의 소수자들을 조명한 점이 인상 깊었다. 앞으로도 인간에 대한 애정과 공감을 바탕으로 한 작품이 더 많이 나타나길 기대한다.

　문학은 세상을 비추는 거울이다. 문학을 통해 세상을 바꾸려는 담대한 꿈을 안고 앞으로도 정진해 나가면 좋겠다. 응모해 주신 모든 청소년들께 감사의 마음을 전한다.

심사위원 : 안희연(시인) · 최지인(시인) · 하혁진(평론가)

산문 부문 심사평

해야 하며
할 수 있는 일

올해 전태일청소년문학상 산문은 모두 130편이 응모했다. 만만치 않은 편수였다. '전태일 정신'을 문학적으로 계승한다는 게 꼭 구체적인 노동 현실을 담아야 한다는 뜻은 아니다. 대개 학업을 마치지 않았을 청소년 작가들에게 생계 전선의 핍진한 형상화를 기대하기도 어렵다. 심사위원들은 폭넓은 맥락에서 전태일 정신을 해석하기로 합의하였다. 그럼에도 많은 응모작들이 대회의 취지를 전혀 고려하지 않은 듯 보이기도 했다.

「분유」는 미성년자인 '나'와 '정우'가 원룸에서 아기를 키우며 겪는 곤란을 그린다. 아기 울음소리 때문에 갈등을 빚던 옆집의 중년 여성은 '나'를 대면한 뒤 조력자가 된다. 세상의 편견에 시달리던 사람들이 아기를 구심점으로 가까워지는 서사가 마음을 움직였다. 다소 급하게 낙관적인 전개로 선회하며, 그것이 관성적 처리가 아닌지 의심되기도 했다. 그러나 갈등과 혐오의 시대에 천진하게 희망의 편에 서 있는 소설도 유의미하다는 결론을 내렸다. 서로가 서로를 위해 해야 하며 할 수 있는 일을 발견하는 이 소설은 전 태일 정신과 넉넉히 통한다.

「문워크」는 '사람 찾기' 서사의 긴장감과 풍부한 이미지가 인상 적이다. 결말부에서 펼쳐지는 지하 세계의 축제는 아름다웠다. 이 '다른 세계'의 근거가 작가의 상상 바깥에서도 마련될 수 있다면 더 힘이 생길 듯하다. 「껌 벽 시위」는 일단 특성화고 학생들의 현 장 실습이라는 소재가 소중하다. 불끈불끈 거침없는 에너지도 좋 다. 그러나 부조리를 겪는 실습생을 양각하기 위해 기성세대 노동 자를 포함한 세계 전체가 납작해진 건 아닌지 고민됐다. 「눈으로 가자」는 반지하라는 공간을 집요하게 묘사해 나가는 끈기가 있지 만, 그 때문에 장황하다는 평가도 있었다. 「프레시맨」은 '신선 배 송'의 말단에 있는 냉동 창고 노동을 생생히 담았으나 성취를 논 하기에 너무 짧았다.

더 많은 응모작에 응답할 수 없어서 아쉽다. 한 번의 여름이 지 나갔을 뿐, 청소년 작가분들께서는 실망하지 말고 문학과 오래오 래 우정을 나누어 주셨으면 한다. 심사위원들도 동료로서 분발하 며 응원하겠다.

심사위원 : 강도희(평론가) · 김기태(소설가) · 한정현(소설가)

독후감 부문 심사평

전태일에서 출발한 걸음들이 닿는 곳

　무언가를 읽고 난 뒤 쓰는 독후감은 다른 글과 달리 출발점이 정해져 있다. 그러나 도착점이 정해져 있지는 않은데, 이 사실이 여러 독후감의 깊이를 변별하는 조건이 된다. 같은 텍스트에서 출발했더라도 1편의 독후감에는 독자 자신의 수없이 다양한 느낌과 경험, 지식에 닿으며 걸은 궤적이 담긴다. 그 과정에서 어떤 글은 아직 출발점과 너무 가까워서 필자가 책의 저자와 같은 역할을 하는가 하면, 어떤 글은 너무 멀리 나아가 버려 자신의 얘기에 치중하는 사이 출발점이 희미해지기도 한다. 좋은 독후감이란 출발점을 거듭 돌아보며 그곳에 머물렀던 기억을 보존할 줄 알면서도, 나의 현장으로 나아가는 힘을 보여 주는 글일 터. 그 균형을 위해서는 텍스트가 내게 미친 영향을 밝히는 것도 중요하지만 나의 지금-여기를 동원해 텍스트를 정확히 읽으려 하는 노력 또한 중요하다. 독후감 부문을 심사하며 전태일이라는 한 사람의 타자이자 우리 시대의 텍스트를 읽는 청소년들의 걸음들을 최대한 잘 따라가 보고자 했다.

응모작은 17편이었다. 응모 편수는 상대적으로 적었지만, 읽기에는 만만치 않았다. 「사그라지지 않는 불꽃」은 라이터를 쥔 전태일의 마지막 모습을 상상하며 시작하는 글이다. 영화의 장면들과 동시대 노동 문제, 글쓴이 자신의 경험을 되새기며 '불꽃'의 의미를 비관에서 의지로 전환하는 이 글은 무엇보다도 스물두 살 전태일의 마음을 이해하려는 섬세함이 돋보였다. 「여전히 붉게 흩날리는 이름―『전태일평전』을 읽고」는 역시 전태일의 죽음이 갖는 현재적 의미를 되돌아본다. 그의 삶으로부터 배운 교훈들과 떠오르는 질문들을 꼼꼼하게 짚고 있지만 감상이 다소 파편적인 것은 아쉬웠다. 「삶과 앎―『전태일평전』을 읽고」는 아리셀 화재 참사를 언급하며 우리가 이어받아야 할 '전태일 정신'으로서 가장 취약한 환경의 노동자들에 대한 관심을 촉구하고 있다. 그 논거가 될 '삶'과 '앎'의 관계를 조금 더 구체적으로 다뤘더라면 더 좋은 글이 되었을 거라 믿는다. 「청년 전태일이 품은 꿈―『전태일평전』을 읽고」 역시 다른 시공간의 사건이나 텍스트를 참조하며 전태일 정신의 의미를 확장하고 있으나 구성력과 분량에서 아쉬움을 남겼다.

응모작이 많지 않아 수상작을 내는 데는 긴 시간이 들지 않았지만, 평전과 영화를 보고 글을 쓰며 고민했을 모든 청소년들의 값진 시간에 경의를 표한다.

심사위원 : 강도희(평론가) · 김기태(소설가) · 한정현(소설가)

전태일문학상 제정 취지

"노동자는 기계가 아니라 인간이다!"

"내 죽음을 헛되이 하지 말라!"

전태일이 스스로를 노동해방, 인간해방의 햇불로 불사르면서 외쳤던 이 피맺힌 절규들은 오늘도 우리들 가슴속에서 뜨겁게 고동치고 있습니다. 노동이 있고 싸움이 있는 곳이라면 그 어디에서나 폭풍처럼 해일처럼 메아리치고 있습니다.

죽음마저도 넘어서 버린 전태일의 불꽃은 바로 '인간선언'의 불꽃이었습니다.

불의의 힘이 아무리 강하더라도, 그리하여 그것이 아무리 인간을 억누르고 소외시키고 파괴한다 할지라도, 인간은 끝끝내 노예일 수 없으며 기필코 일어서 스스로의 주체적 삶을 실현시키기 위해 싸울 수밖에 없다는 진실을 밝힌 인간선언의 불꽃이었습니다.

전태일기념사업회에서는 노동해방, 인간해방의 햇불을 높이 든 전태일을 기념하고자 '전태일문학상'을 제정합니다.

우리는 인간을 억압하고 착취하는 모든 불의에 맞서 그것을 이겨 내려 노력하는 모든 사람, 모든 집단의 목소리를 한데 모으려는 뜻에서 제정된 이 전태일문학상이 노동운동을 그 핵심으로 하는 우리의 민족민주운동과 문학운동에 새로운 활력과 힘찬 응원가로 자리 잡을 것임을 믿어 의심치 않습니다.

전태일문학상이 공장에서, 농촌에서, 학교에서, 각각의 삶터와 일터에서 인간이 인간답게 살 수 있는 사회를 건설하기 위해 노력하는 모든 사람들이 함께 참여하고 함께 나눠 갖는 문학상이 될 수 있도록 많은 분들의 관심과 격려를 부탁드립니다.

－1988년 3월 전태일기념사업회